船の救世主

ロドリゴ・レイローサ
杉山晃 訳

現代企画室

目次

装丁——本永惠子

船の救世主

I

潮がしだいに引いていくと、沈んだ船の巨大な横っ腹が、波立つ海面に姿をあらわしはじめた。寄せては返す波のおかげで、船尾のタンク――機械室で爆発が起きて、破壊されていたのだ――から漏れ出た石油は、船体をどろっとした皮膜で覆《おお》った。その皮膜は、船を引き上げ、修理に取りかかるまでのあいだ、船体を腐食から守るはずだ。

海軍大将と中将は、沈んだ船のそばに停泊した救出委員会の船のブリッジで議論していた。

「新品同様になりますよ」エンジニア・チームのチーフは、甲板に下りる前にそういった。ずんぐりした鼻をしたどこか得体の知れない男だった。甲板で潜水夫たちは海に入る準備をはじめていた。少しはなれたところでは、まだ出番の来ない電気技師や大工たちが成果のあがらない魚釣りに熱中しているのだった。

海軍大将は薄汚れた海岸線や、傾《かし》いだココヤシの林に目を向けていた。やがてくるっと背を向けると、水平線に目を転じた。積乱雲がもくもくと湧きだしていた。

「手紙を読んだとお伝えして欲しいと大臣にたのまれました」と海軍中将は彼にいった。四十歳くらいのがっちりした男だった。鼻がいくらか上を向いていた。「むろん私もあなたと同じ意見ですが、どうやらあの話はもう受け入れるほかないようです」

大将は眉ひとつ動かさなかった。

「検査はどうだった?」と尋ねた。

「検査?」中将は眉を寄せたが、すぐに表情が明るくなった。笑いながらいった。「ああ、心理検査のことですね。うまくいきましたよ。まあそう願いたいものです。じきに結果が出ますよ。ハ、ハ、ハ」

「わたしはそういうのは大きらいだな」と大将はいった。胸の内を明かしてしまったと思った。居心地わるく感じながら、つけ加えた。「屈辱的だと思わないか?」

「そんな……」と腕を組みながら中将はいった。「大げさすぎますよ。こっちが冷静に構えれば、楽しめなくもないですよ」

だが海軍大将にはそれができなかった。

「検査は誰が担当したのかね?」と聞いた。

「アティリオ・ポンセ博士です。変わってますが、面白い爺《じい》さんですよ」何かこっけいなことでも思い出したように笑った。「けっこう仲良くなりましてね。釣りをやってるそうです」

大将はポンセ博士のことを耳にしていた。

「大臣の親友だったな？」というと、中将はうなずいた。

ふたりは甲板に下りて、右舷《うげん》の梯子《はしご》の前で別れた。黒人の乗組員はすばやく梯子を伝って沿岸警備艇に飛び移ると、舫《もや》い綱をはずしにかかった。大将はあとから下りてきた。

「幸運を祈ってますよ！」と中将は声をかけた。「まあ、こちらが祈るまでもないでしょうけど」

警備艇の船長はすでにエンジンをかけていた。ゆっくりと船の向きを変えると、スピードをぐんぐんあげながら、サント・トマス港のまるい静かな湾に向かって一直線に突進していった。


救出作戦の開始段階で、首都に移動するというのは面白くなかった。彼が計画を立てて準備してきた作戦だった（彼の管轄区域において沈没した三十隻ほどの船を引き上げることなっていた)。それに、嵐が迫っているときに山岳部を飛ぶのはそう楽しいことではなかった。だが不機嫌のほんとうの理由は、海軍大臣が彼の書き送った書簡にあまり関心を示さなかったことだった。プライベートな手紙だったが、彼はそこで、施行されたばかりのばかげた法律に対する政府の「軽率で軟弱な」姿勢を糾弾し、胸中の反発と憤慨を表明していたのだった。その法律では、国軍のいかなる将校も、「異常な人間でないことが証明されない限り」は、精神的に正常な人間であるとみなされることはできない、とうたっていた。彼はまず、各国をつぎつぎと戦争に追いやったウイルスに対して免疫があることを示した国が、ウイルスの汚染に対抗できなかったほかの国と同等に扱われるのは、不公平であると訴えた。それから今回の、地球規模に広まった自殺熱の高まりをもっぱら軍人の責任にされたのは納得できないと述べた。どうして扇動家や宗教指導者を裁くための法廷が設置されなかったのかと問うた。そして最後に、告発された軍人たちの狂気は、ほとんどの場合、牢獄《ろうごく》や処刑を免れるための芝居であり、それを知りながら屈辱的な法律を制定した連中の厚顔無恥を非難した。

彼は港から飛行場に運ばれたが、飛行場ではエンジンをかけた小型双発機が待機していた。揺れの激しい短い飛行だったが——嵐に追いかけられるように飛んだ——、その間、自分が死んだときのことをあれこれ思いめぐらしてみた。とりわけあの中将が自分の後任に就くと思うと不愉快だった。あの男は重要な救出作戦を首尾よく遂行できそうもなかった。また検査のことが脳裏をよぎった。医師たちの持っている機材はそれほど信用のおけるものではなかったし、狂気と正気を隔《へだ》てる分水嶺のあいまいさを考えると、誤った判定が下される可能性がまったくゼロだとはいえなかった。

双発機は山岳部のはるか上空を飛行した。山岳部を越えると、火山の林立するなじみの地平がひらけた。パイロットの声がした。

「嵐との競争に勝ちましたよ」

飛行機は高度を落としはじめた。モンタグア川の荒廃した流域に錆《さ》びた色のきらめく靄《もや》が広がっていた。海軍大将はその靄の上をすべっていく小さな機影を見た。新たな山の連なりを越えると、パイロットは山に囲まれた盆地の上空で大きく旋回し、あざやかな腕前で下降していった。

II

海軍大将オルドーニエスには子どもがいなかったが、その結婚生活はほぼ完璧に幸せだった。ほぼ、というのは、妻のアマリア・リベーラは彼を心の底から愛していたけれど、いかなる種類の従順さにも無頓着《むとんちゃく》だったからだ。アマリアは夫の中にふたりの男を見出していたが、愛していたのはひとりだけで、それは軍人でないほうの男だった。夫が不適格とされてしまうかもしれないという可能性は、彼女にとってとくに悩みの種ではなかった。軍を退けば、かえっていろんなことができたし、そのひとつが、士官学校の倫理学の講座に復帰することだった。

「現場で不適格者の烙印《らくいん》を押されたら、学校に戻れると思うかい？　何を馬鹿なことをいってるんだ」と大将はいった。ふたりは食後のコーヒーを飲んでいるところだった。

アマリアは夫をなだめた。

「そんなに気にするなんておかしいわ」といった。「あなたの同僚の中で、あなたほどきちんとした、まともな人間なんていないわよ」

大将はその言葉をしばらく値踏みしたあと、妻の目を見ながら、礼をいった。

メイドが入ってくると、大将に封筒をわたし、空《から》になったコーヒーカップをさげた。彼は封を切って、手紙を読んだ。さらにもう一度読んでみた。アマリアは席を立って、昼寝の時間だと告げた。

彼の検査を担当することになったオスカル・フェルナンデス博士からの手紙だった。子どものころスペイン系の学校で机を並べた間柄だった。手紙は型どおりのもので、診察の日時と、診療所の住所が書いてあった。大将はその手紙をテーブルの上に置くと、妻のあとを追った。


なかなか寝つかれなかった。アマリアのほうはかたわらでぐっすり眠っていた。ベッドに横たわったまま、自分の内的世界がどのような方法で探《さぐ》られるのか、事前にいくらか情報を集めたほうがよさそうだと思った。だがそう思ったことが、かえって彼の焦《あせ》りを深めることになった。法に触れることではなかったが、大将はあまり人の目に触れないようにことを運ぶことにした。ベッドから起きあがって、私服に着替えた。自宅を出ると、まっすぐな道をとらずに、人通りの少ない路地を選んだ。もう何年も訪れていなかった国立図書館に向かった。

図書館は、霊廟《れいびょう》を思わせるコンクリートの広大な建物だった。その建物に近づくにつれて、いい知れぬ虚脱感におそわれた。建物の中に入って、大きな閲覧室に足を踏み入れると、虚脱感は軽いめまいに変わった。部屋の乱雑さと膨大な書物のせいだろうと思った。半分空《から》になった書架に、古ぼけた書物がうねうねとつらなり、分厚いほこりに覆われていた。床のあちこちに本が積み上げられ、天井近くにある窓から、ガラスの汚れを透かして光が射し込んでいた。大将は部屋の中央に向かって歩いていった。そこには図書カードを収めた六角形のカードボックスが置いてあった。まわりをぐるっと回りながら、〈P〉の引き出しをさがした。心理学の手引き書二冊の分類記号をメモした。ほかにも適当に何冊か選ぶと、その分類記号も紙に控えた。受付に向かうとき、机のむこうにいる女性が、もう二十数年もまえからそこで働いていることに気づいた。選んだ本の閲覧を申し込むと、建物の南側にある閲覧室の席をあてがわれた。老女は机の上のすり切れた地図を指さしながら、正確な位置を教えてくれた。

「そこで掛けてお待ちください」といった。「係りの者が本をお持ちします」

大将はうなずくと、閲覧室に通じる廊下に向かって歩きだした。閲覧室のドアをくぐるとき、ハーブのような甘くて心地よい香りが鼻孔を打った。なじみのない香りではなかったが、そのかび臭くてほこりっぽい場所には、場違いな香りであった。部屋は天井が高く、せまかった。四方の壁は分厚い書物で埋め尽くされ、真ん中に机がひとつあった。机の上には小さな読書用ランプがふたつ並び、椅子もふたつ向き合うように置かれていた。大将はそのひとつに腰を下ろしてランプをつけた。そのときふとドアのわきに、背の高い男がいることに気づいた。上の棚に本を戻しているところだった。こちらに背を向けていたが、大将にはすぐに相手が誰なのかわかった。ついさっき、交差点で信号待ちをしているときに見かけていた。それにあの鼻をつく香りは——そのとき確認できたのだが——、男から漂ってきているのだった。以前にその男に会ったことはないと思った。少なくとも会ったという記憶はなかった。だが相手は自分を知っている様子だった。話しかけてきて、二言三言ことばを交わしたが、彼が苛立たしげに歩きだすと、遠慮して追いかけてこなかった。新聞記者かもしれなかったし、どこかの国の外交官とも考えられた。だが確かなことは、彼がその人物にある特殊な特徴を見てとったということだ。特殊な特徴といっても、それは特徴が完全に欠如しているという特徴で、おかげで自分と同じ国の人間ではないことはわかったが、それではどこの国の人間なのかということになると、その手がかりはまるで見出せないのだった。男が本を戻して向き直ると、大将がそこにいることに驚いたという気配は、その表情からは読みとれなかった。

「またお会いしましたね」と大将はいった。彼のほうこそ驚いていたが、香りで神経が張りつめ、狼狽《ろうばい》している素振りは見せなかった。

男は何もいわずに大股《おおまた》で一歩前に踏み出して、椅子に腰を下ろした。緊張しているように見えた。組んだ手がかすかにふるえるのを大将は見のがさなかった。いったい何だっていうんだ、と胸の中でつぶやきながら、好奇心と警戒心を同時に抱いた。

「大将殿」と机の上に手をのばしながら、男はいった。その手は大将の手のすぐ近くに置かれた。「あなたと連絡をとるために、どれほど長い道のりを旅してこなければならなかったことか」

異邦人のかん高い声と、へつらうような態度が気に入らなかった。首を横に振って、大きく息を吐いた。その男の話など聞きたくもなかったが、席を立って受付の女性に場所を変えてくれるように頼みにいくのも面倒だった。《本を届ける係がきたら追い払おう》と自分に言い聞かせた。

「お話ししなければならないことは、少々込み入っています。たぶんおわかりいただけると見込んで、あなたに白羽の矢を立てました。われわれは……」

「われわれって、誰のことだ？　君は誰だ？」大将は威嚇《いかく》するような自分の声を聞いた。

「お許しいただければ、ご説明したいと思います」

大将は机の上の手を引っ込めて、腕を組んだ。

「ほんとうのことをいえば、どこから話をはじめていいのかわかりませんが、まあとにかくこのパンフレットをご覧ください」といってジャケットから、青みがかった灰色の表紙に銀色の文字が印刷してある冊子を取り出して、机の上に置いた。大将はタイトルの文字をうまく読むことができなかった。「ぼくが書いたものですが、読みやすいように印刷してみました。断片的に書かれているので、ちょっとわかりづらいのではないかと心配ですが、寛大な心で、少し我慢してお読みくだされば、きっと全体の流れをつかんで、それぞれの断片のつながり具合をうまく理解していただけるのではないかと思います。ぜひとも先入観を捨てて、注意深く読んでいただければと願っております」

大将は、大して興味がそそられないといったふうに、指で冊子を弾《はじ》いて、くるっと回転させた。タイトルを読んでみた――「利用性」。

「妙なタイトルだな」といった。

「ぜひともお読みください、大将殿。お願いします。きっと興味を持っていただけるはずです」

大将はぱらぱらとページを繰ってみた。そして顔をあげずにいった。

「まあ読んでみるよ」

足音が聞こえると、男は立ち上がった。どこかモルモン教の宣教師といった風情《ふぜい》だった。青い背広に身を包み、灰色の目がくぼんでいた。

「あなたはたいへんに重要な方なのです」ときっぱりと断言するような口調でいった。

「どうしてかね?」無邪気な声が出て、大将は満足した。

「それは、大将殿もご存じでしょう。だがあなたが思っておられる以上にあなたは重要なお方です。大きな使命があります」戸口に向かったが、出ていく前にもう一度振り返って、いった。「大きな使命があります」

大将の視線はしばらく戸口にくぎづけになった。やがてトレーに本をのせた若者が入ってきた。机の上に本を並べると、大将にタイトルを確認するようにいった。大将は冊子をジャケットのポケットにしまうと、ほかのことに気をとられていたが、ハッとしてうなずいた。若者が出ていくと、ふたたび冊子をポケットから取り出して、本のあいだに挟んだ。ページには番号が打たれていなかった。読む決心がついたのか、冊子の厚みからページ数の見当をつけた。それほど時間がかかるまいと思った。幸いにも文字は大ぶりだった。そして厚手の紙は、だいぶ白かった。目次を注意深く眺めたが、内容を推し量ることはできなかった。見出しからすると、反政府的な宣伝とも、科学的な論文とも、あるいは新興宗教の教理問答書とも思えた。そのリストは何か合理的なシステムを展開しているというより、混沌《こんとん》とした列挙を披露しているにすぎないように思われた。そしてそれはどこか詩的であると同時に、薄気味わるいところもあった。ふと視覚に訴えるものがあって、大将はこの冊子のつくり手がそれでもある規則に従っていることに気づいた。いま一度目次を上から下へとたどった。アルファベットの秩序をそこに見出したが、アルファベットの最初からではなく、終わりの文字から遡《さかのぼ》っていたのである。大将は外部から入り込んでくる車の音をぼんやりと耳にしながら、冊子を読みはじめた。

数ページも読まないうちに、ある不思議な感慨にとらわれた。冊子を読んでいるあいだも、そのあともそれがつづいた。冊子は明らかに支離滅裂な頭の持ち主によって書かれたものだった。だが鋭い洞察力と鋭敏な知恵の閃《ひらめ》きがなくはなかった。たしかにとんでもない間違いもあった（「あなた方が排泄《はいせつ》物を取り込んで、口から食物を出すように」とこの奇妙な書き手は述べるのだった。「われわれは解決策を眺めながら、問題を推し量るのである」）。だが大将には、それは単なる表面的な、見方の転倒に過ぎず、いわんとしていることの本質は必ずしも損なわれていないように思われた。ある世界でプラスの要素は、別の世界ではマイナスであり得た。冊子を読み継ぐには、じっさいのところ相当の努力と寛大さが必要だった。項目の配列は、視覚的な理解を困難なものにしていた。際限なく巨大なもの（「この宇宙を内包するさらに広大な宇宙は、ぶくぶくと泡立ち、破裂し……」）を述べたかと思うと、すぐそのあとにごく微少なもの（「物理学者の精密機器をもってすらとらえることができない沸騰《ふっとう》するエネルギーの微粒子……」）に言及するのだった。また抽象的なものから具象的なものへ、あるいはその逆をしきりに行ったり来たりした（「物質的な宇宙、あらゆる銀河などは、われわれにとって、絶え間なく変化しながらえんえんとつづく方程式に過ぎない」）。何が書いてあるのか少しも理解できない断片もあったし、あまりにもばかばかしくて笑いたい衝動にかられた箇所もあったが、それでも少しずつほの見えてくるものがあった。なんとなくある意図が見えてくるような気がした。何度もこれは彼を混乱に陥れるために、自分に敵対する人間の誰か、あるいは全員——あり得ないことではなかった——が仕組んだ罠《わな》なのではないかと思った。おそらくこの疑いがなければ、冊子を読みつづけることはできなかっただろう。なぜなら別の世界（「第三の世界」と書き手は呼んでいた）から送られてきたというこのメッセージを真《ま》に受けることは、そのまま狂気にわが身をゆだねることだったからだ。けっきょくポッパーの図式のように三つの世界があり、それらは自立しているが、互いに関連しあってもいるというのだった。この区分を、物や感覚や法則の関係に置き換えるのはそれほど難しいことではなかった。一冊の本は、一個の石やレンガのように単なる物ではなかった。祈りの一節は、鳥の鳴き声や犬の遠吠《とおぼ》えとはまるでちがっていた。ウイルスとガラスのちがいほどにも異なっていたのだ。それに比べて、ひとつの世界が他の世界に影響をあたえ、利益もしくは損害を及ぼすことができるという仕組みを理解するのは、それほどやさしくはなかった。すべての銀河宇宙が砂塵《さじん》に帰したとしても、第三の世界の形状や現実にいささかの変化ももたらさないのに対して、抽象世界のごく微細な変更でも、物質世界を一変させてしまうというのだった。そこで取りあげられていた例を、いったいどう受けとめればよいのだろう？（われわれが破壊の法則を廃止したなら、いくら繊細なガラスでできたコップであれ、もはや壊れることはない。船の船体も割れないし、爆弾も破裂することはないだろう。卵の殻を破って、雛《ひな》が出てくることもなくなるはずだ。）またこの謎にみちた一文を理解できる者がいるだろうか？——「われわれはあなた方の書物を読むことができません。だがわれわれが住んでいるのはまさにそこなのです。インクと紙がわれわれの住処《すみか》です。そこからあなた方を見ております」

冊子からひとつの「メッセージ」が浮かび上がってくるようだった。第三の世界の住人たち、つまりあれこれの法則を名乗る抽象的な者たちは、ある重大な問題に直面していたのだ。それで第二の世界、人間が取りしきるこの世界に、解決のための手助けを求めてきているのだった。「われわれはあなた方にどう接していいのかわかりません。これまでは、もっぱら脳や眼球や手の指と接触してきたのですから。あなた方との交流の失敗は、われわれの自滅につながる可能性があります」冊子はそのような一文で締めくくられていた。大将はいま一度冊子をぱらぱらとめくってから、ポケットにしまった。数分後、彼は、心理学の本を一心不乱に読んでいた。

ふいに電気が消え、また点《とも》った。しばらくすると助手がドアロから顔を出して、閉館の時間がきたことを告げた。大将はメモをとり終わるところだった。(「ひとつひとつの返答や反応は、そのままひとつの関与の仕方である」)。スタンドの明かりを消すと、《返却》と書かれた棚に本を置いた。出口に向かうとき、受付の老女は、年輩の清掃係に何かを指示していた。清掃係は大将に気づいて、あいさつをした。そして何ごとか老女にいうと、老女はふり向いて、やはりあいさつをした。

表では雨の気配をはらんだ湿ったそよ風が吹いていた。空はすでに暗かった。大将は足早に歩きはじめた。検査についてわかったことは興味深かったが、何かの役に立つとは思えなかった。心理検査は第一次世界大戦においてはまだ使われていなかった。当時各国政府の幹部は、自国の軍隊のためにいかにすばやく大勢の一般市民を選び出すかに頭を悩ませた。それを考えると、現在の状況――一般市民のほうが自国軍の幹部を選び出すために性格検査の実施を求めていた――は、むしろ当然の美しい要請のようにも感じられるのだった。明日になれば長時間の尋問を受けるほかなかった。それが終わるころには、彼は旧友フェルナンデス博士の前で丸裸にされていることだろう。「頭脳が明晰《めいせき》で、教養があり、洗練された人物」なら、質問の背後に秘められた意味を敏感に読みとって、大部分の試練を悠々とくぐり抜けられるはずであったが、どうやらそうした種類の人間さえもあばいてしまう方策が存在するということだった。そうしたテクニックは、すでに開発された当初から世界各地で世論の厳しい批判にあっていた。だがけっきょく人びとは抵抗することもなく、おのれの内面が他人によって白日の下にさらされるのを許してきた。かえすがえすも残念なことだ、と大将は心の中でつぶやくのだった。

古い家の立ち並ぶせまい路地を歩いていた。壁が白く塗られ、単純な作りの家並みがつづいた。窓に錬鉄の格子がはまり、その背後にゼラニウムやベゴニアの鉢植えが置かれていた。しばらくあてどなく歩いたが、知らぬ間にいちばん避けたかった街にきてしまっていた。交差点にさしかかると、そこがフェルナンデス博士の診療所があるフローレス・クラーラス通りであることに気づいた。右に曲がると、後を追ってくる人影がちらっと見えた。街灯の下で足を止めると、人影は独特の香りとともに近づいてきた。

「君だったのか」と大将はいった。

小冊子の書き手は、おどおどしていた。体が小さくなったような印象だった。

「あの冊子、お読みくださったのでしょうか?」と聞いてきた。

大将は微笑を浮かべたが、ふいに激しい怒りがこみあげてきた。

「君は誰なんだ?」

「そうですか。おわかりいただけなかったのですね」男は大将の目をのぞき込んだ。そしてポケットに手を入れると、うなだれて溜息《ためいき》をついた。

「わかるわけがないだろう。さっぱりわからん」と大将は叫んだ。追っ手に対してますます嫌悪感がつのった。《こいつは気が狂ってる。それだけだ》と思った。そして歩きだした。

「大将殿！　待ってください！　お願いです！」

大将は立ち止まらなかったが、歩をゆるめた。男は追いついてきて、かたわらに並んだ。ふたりともしばらく押し黙ったまま歩きつづけた。やがて皓々《こうこう》と照らされた広場に近づくと、大将は足を止めた。

「何の用だ？」と尋ねた。

「お話ししたいだけです。わかっていただきたくて」

大将は相手を上から下へ眺めおろした。それから斜めに入る路地を指した。

「そっちへ歩いていこう」

「まずはですね、大将殿」男は歩きだすとすぐに口を開いた。「お力になりたいだけです。それをわかっていただきたいのです。お力になることは――ほんとうです、信じてください——そのまま他のみなさんのためになるんです」

「それより」と大将はいった。「まず君は誰なのか、いってもらいたい」

大将は男のいった名前を記憶することができなかった。ブルガリア語かバスク語のように聞こえた。アウカヤ？　冊子に抽象世界の住人にとっては、時間が不均一につづくと書いてあったのを思い出した。彼の頭の中にある時間の感覚とはまるでちがっていた。自分にとって時間は始まりも終わりもない川で、ゆったりと一貫性をもって流れていた。だが彼らによれば、時間はあるときは止まることができた——(「すべての＋の記号は、－の記号に変わり得た」)。それが人間の世界の救いになることもあった。

「何か心配なことでも？　どうかお話しください」

大将はふたたび唐突に足を止めた。

「心配事なんかないさ」

男は力なく笑いながら、首を振った。

「そうですか、大将殿。私は自分がしなければならないことをしているだけです。個人的に何か企みがあって、こんなことをしているわけじゃありません。あなたは人間として、軍人としてわれわれにとって大事な人なのです」

大将はふたたび頭に血がのぼった。

「私はここで曲がるよ。ごきげんよう」と素っ気なくいって、行進でもしているような歩調で、道路を渡った。

「あの、すみませんが冊子を……、お返しいただけませんか?」と背後で声がした。

大将はポケットから冊子を取り出した。

「じゃ返すよ」といって、相手を待った。

異国人はほとんど走るように道路を横切った。

「お読みくださってありがとうございました」冊子を受け取ると、軽く頭を下げて、去っていった。

大将はまた家に向かって歩きだした。今度は広くて人通りの多い道路を選んだ。《どうして関わり合いを持ったのだろう?》と心の中で思った。《あの男がどういう人物なのか調べたほうがいいかもしれない》

アマリアはすでに食卓について彼を待っていた。

「遅かったのね? どこへいらしてたの?」

大将はその問いを嫌がるどころか、感謝した。話したい気持ちにかられていた。

「図書館だ」と答えた。「例の検査のことをちょっと調べたくてね」

アマリアは眉を動かした。

「あら、そうなの?」といった。「お役に立って?」

大将は深く息を吸い込んだ。

「久しぶりに行ったんだ」そしておもむろに言葉を継いだ。「めまいがしたよ。本だらけだし、部屋はぐちゃぐちゃだからね」

「成果があがったの?」

「いろいろわかったというべきか、さっぱりわからなかったというべきか。まあ、そう大した成果はなかったね」

アマリアは返事のうそっぽさを見抜いたようだった。それ以上何も聞かなかったし、夕食が終わるまでほとんど口を開かなかった。

ベッドに入るとき、大将は溜息をついた。

「検査のせいで、寝られそうにないな」

III

フェルナンデス博士はシーツの中で寝返りを打ちながら、その物音は、つい一瞬前にすでに聞いたものだと思うのだった。物音は、彼の悪夢の原因だった。手にしていた患者の赤ん坊がするりと手からすべって、足元に落ち、いやな音をたてて頭が割れたのである。夢の中の人びとは、まわりに寄ってくると、赤ん坊を眺め、彼の顔をのぞき込んだ。その場面が長くつづいたので、もしかしたらこれは夢ではないかもしれないという不安をいだきはじめた。ふたたび物音がすると、博士は目を開けた。まだ半分寝ぼけていたが、ガールフレンドのサンドラがバルコニーに通じるガラス戸のむこうにいるのがわかった。《どうやってここまで上がってきたんだ?》といぶかしがった。そのときふとその日がサンドラの誕生日であることを思い出した。

「気でも狂ったのかい?」引き戸を開けながら彼女にいった。風とともに娘が部屋に入ってきた。博士はガウンのベルトを結んだ。

サンドラはガラス戸を閉めた。

「遊びにくるっていったでしょ?」

「寒くないのか?」娘は短パンにTシャツという姿だった。額と唇に汗がほんのりと浮かんでいた。「いったい、何時だい?」

「五時半よ」とバルコニーのほうを振り返りながらいった。「まだこんなに暗いわ」

「よかったよ」

「時間が? それとも暗いってことが?」

「両方だ」博士は声を張りあげ、バスルームに通じるドアを開けた。「ちょっと待ってくれ」

広いバスルームだった。床が板張りで、高い磨《す》りガラスの窓に植木鉢が並んでいた。博士が蛇口をひねると、お湯が勢いよく出てきた。湯気でガラスが曇ったが、博士は壁の大きな鏡の前で体操をはじめた。皮膚がやわらかなピンク色に染まると、素っ裸になって泡立つ湯船にそっと入った。

サンドラがバスルームに入ってきた。短パンとTシャツを脱ぐと、スニーカのわきにさらりと落とした。片脚を湯船に差し入れてから、もう一方の脚を入れ、湯船の中に立った。そしてそのまま、精神科医の上にまたがった。

博士は浴槽の栓を抜いて、寄せ木張りの床《ゆか》の上に湯があふれないように調節した。《この子はもう大人なんだ》と心の中で何度もつぶやいた。倫理にもとることをしているわけではないのだと自分に言い聞かせているようだった。

ふたりは居間のバルコニーで、背後から陽光を浴びながら朝食をとった。ふたつの火山のとがった山頂はそれぞれ、朝日に輝くふたつの小さな雲に隠れていた。

「明日はこられないわ」とサンドラは別れ際にいった。

博士はバルコニーに佇《たたず》んでサンドラを見送った。親の家をめざして通りを走っていくのを見届けた。竹の林のむこうにようやくその姿が見えなくなった。しばらくすると玄関のベルが鳴った。タクシーの運転手をしている年輩の黒人《ムラート》だった。陸軍病院に務めだしたときから車に乗せてくれていた。もう二十年以上になるのだった。

診療所の窓から通りを見やりながら、フェルナンデス博士は海軍大将を待っていた。診療所はフローレス・クラーラス（明るい花）通りが、フローレス・オスクーラス（暗い花）に名前を変える角にあった。書類の整理を終えようと、回転椅子ごと机に向きかけたとき、青い公用車から降りてくる大将の姿が見えた。いかにも海兵隊らしい自信に満ちた大きな歩幅で道路を横切った。フェルナンデス博士は旧友のことを鮮明に記憶していたわけではなかった。またなんらかの恨みを抱いているわけでもなかった。だが出自がはっきりしないにもかかわらず、巨大な影響力を持つにいたったこの人物に対して、並々ならぬ興味をおぼえていた。それで軍の医師としてあれこれ手を尽くし、つてを頼って、大将をその日の朝、診療所に来させることに成功したのである。それに彼は大将に対して小さな借りがあった。ささやかな恩義だったが、ずっと心にとめていた。もう四半世紀も前のことだ。オルドーニェス少尉のちょっとした不注意のおかげで、有能だけれどいい加減な医学生が軍病院のインターンとして採用されたのだ。

博士は椅子を回転させた。机の上には、大判のトランプを思わせる一連のカードが並んでいた。アメリカやイギリス、フランスで使用されているオーティスやサーストン、TAT(絵画統覚検査)、BeRoのテストのほかに、マクレランドの図版も用意されていた。この方式は一九六〇年代に考案され、のちにあっけなく廃《すた》れてしまった。博士はそれを食前酒のように、患者たちにやらせた。その検査法はたしかにあの中ではいちばん評価が難しいが、患者たちの精神状態がどれほど安定しているか試すことができた。またそれなりの表現能力も求められた。フェルナンデス博士はその検査法を利用して、彼自身の言い方によれば、相手の頭の中の様子を大胆に予測できたのだ。

大将が部屋に入ってきた。博士は広い書斎の中ほどの肘掛け椅子を客に示し、自分はその向かいに腰を下ろした。ふたりのあいだに小さなマホガニーのテーブルがあり、表面の分厚いガラスの下に大きなメキシコの銀貨が見えた。過去をめぐるとりとめのない話のあと、博士はテーブルの上にマクレランドの図版セットとクオーツのストップウオッチを置いた。

「ここでいいのかね？　どうだろう？　もう少し落ちつける場所がよければ……」横のほうに見える小部屋を指さした。簡単な机と椅子二脚が見えた。「あそこに移ってもいいよ」

「ここでいいさ」と大将はいった。「それで、どうすればいいんだ？」

「簡単なんだ。これからはじめてくれ。まず説明をよく読んで、それからイマジネーションを自由に羽ばたかせればいい。ひとりにしとくよ。時間がくれば、秘書のマリアが、その用紙を回収して、後半の質問紙を渡してくれる」博士は時計をスタートさせて、立ち上がった。そして大将がさっき入ってきた戸口に向かった。「はじめていいよ」

大将は目で博士を追った。首をぐっとひねったので、その無表情な目とゆがんだあごの線のせいで、だいぶ恐ろしい顔になった。苦痛にゆがんでいるようにも見えた。

大将は、博士が差しだしたテストを図書館で見た記憶がなかった。目の前にこぶしほどの染みがあった。ピンク、青、赤紫と水彩画のようなやわらかな色のもので、まわりに黒や茶の斑点《はんてん》が散らばっていた。かたわらの用紙に「蝶《ちょう》」と書き込んだ。そして首を短く振って、その回答が合っているか否かをいっさい考えないことにした。「間違った回答や正解というものはありません」と注意書きにあった。「すべての回答は正しいのです」。つぎのページの絵は、最初のとさほど違っていなかった。だが注には、ふたつの絵に同じ解釈は避けるようにと書いてあった。苛立ちを感じながら大将はしかるべき欄に「女性の性器」と書いた。ページをめくった。その絵は、赤やピンクの染みが広がってさきほどのものよりも、さらに女性の性器を連想させた。大将は顔をあげて、博士の机のむこうに見える窓の風景を眺めた。節の目立つ枝が広がり、葉叢《はむら》は太陽の光を受けてきらめいていた。ふいに黒い鳥が枝にとまった。すぐにもう一羽やってきて、かん高く鳴いた。大将は視線を絵に戻した。「鼻血」と書いた。二羽の鳥がそろって鋭い声をあげた。顔を見合わせ、くちばしを開いて相手を威嚇していた。二羽とも若い雄で、羽根の色は紺のような黒だった。ページをめくった。またも染みだった。今度は大きな黒い染み。左右対称ではなく、周囲にはほとんど余白が残っていなかった。大将は腹立たしげに、溜息をついた。そしてルールを破って、このあとも似た絵がつづくのかどうか見ようとページを繰った。案の定そうだった。となりの部屋から電話のベルが小さく聞こえてきた。やがて女の声がそれにつづいた。鳥たちがふたたびかん高い鳴き声をあげると、大将は顔をあげた。鳥たちは枝の上をぴょんぴょん移動しながら、つばぜり合いを演じる剣士のように渡りあった。気を散らされた大将は、鳥たちを忌々《いまいま》しく思った。ひとつのカードに五秒以上かけてはいけなかった。その絵にはすでに七秒ついやしていた。目の前のストップウオッチを見ればそれがわかった（博士が席を立つときにスタートさせた時計はすでに二百秒を越えていた）。大将は経過した時間と回答の数の関係について思いをめぐらせた。片方の耳を軽くひっぱると、ふたたび重くて、暗い染みを眺めはじめた。《「無だ」と思った。「ただのインクと紙さ」》それで「無」と書こうとしたのだが、ペン先に力をこめたとき、無ではなく、抽象的な観念、たとえばけだるさとか挫折感といったものを連想させると思い直した。「インクと紙」ということばは思いがけなかった。《インクと紙がわれわれの住処《すみか》です。そこからあなた方を見ております》。《ロスした時間を取り戻さなくては》と心の中でつぶやいた。手が汗ばんできた。そしてストップウオッチの数字は6から7に変わり、そのまま8、

9と進んだ……。信じられなかった。時間はまたたく間に過ぎていくのだった。四枚目の絵にすでに一分以上とどまっていた。計算が間違っていなければ、十九枚目あたりを見ていなければならない時間だった。もう一度カード集を終わりまでぱらぱらとめくった。染みのカードのあとに、絵を描いたカードがつづき、そのあとは、ばらばらに並んだ単語で文を組み立てるようになっていた。つづきがそれほど面倒でないことがわかると、ホッとした思いで黒い染みに戻った。それで「夜（noche）」の〈n〉を書いていると、後ろで秘書の声がして、時間がきました、と知らされた。

大将は落胆した様子で回答の用紙をふたつに折って秘書に渡した。広げたままだと、半分も答えていないことがわかるので嫌だった。

つぎのテストは、あいまいなところのない具体的な質問で、四つの選択肢（一度も、たまに、しばしば、いつも、といった類のもの）の中からひとつを選べばよかった。大将にとってなんら難しくはなかったし、せっぱ詰まった思いにかられることもなかった。一ページずつ、快調に、しっかりした筆致で升目《ますめ》を埋めていった。十五分ごとにマリアが部屋に入ってきて、そのたびに一段と愛想よくふるまった。回答用紙と引き換えに、新しい質問集を手渡された。

フェルナンデス博士が書斎に戻ったとき、大将は心配顔で部屋の中を歩いていた。

「どうだった?」と博士が声をかけた。

大将はかすかに笑って、肩をすくめた。

「君に答えてもらうほかないね」といってから、肘掛け椅子に腰を下ろした。

フェルナンデス博士が自分のデスクに座ると、秘書が回答用紙の入った封筒を差しだした。博士は中身を取り出し、一枚ずつ横に少しずらして並べた。それから添削用のシートを注意深くそれらの用紙の上に重ねた。緑色のシートの穴のひとつひとつに、大将が書き込んだ揺るぎない十字があらわれた。博士は眉をあげ、感嘆したようにゆっくりとうなずいた。だが一箇所に異常があった。穴の開いていない最初の欄が、空白だった。ほとんど空白だった。《まあ何か訳《わけ》があるのだろう》と心の中でつぶやいた。すべての穴にきれいに並んだ十字の星座は、異常な現象だった。《これほどまともな人間は、まともじゃないってことだな》と胸の中でいった。まだ信じられないという目つきで、九つの欄をいま一度たどってみた。いったい大将はこれほどの安定した超自我を獲得するために、どれだけの努力を積み重ねてきたのだろう、と思った。三度目にシートの各欄をたどったとき、ようやく空白の升目をひとつ見つけ、ホッとした。屈託ない表情で大将のほうに向き直った。

大将は椅子にじっと座ったまま、博士を見つめていた。博士は笑いながらいった。

「なかなかいいじゃないか」

《同僚たちが信頼に値しなかったり、忠実さに欠けたりすることは気になりますか？》という問いに、大将は「しばしば」と答えていた。そうしたパラノイアへの傾斜は、大将のような役職にある人間においてはよくあることだった。ならば最初のチェック項目はどういうことなのだろう？

「ひとつわからないことがあるんだ」と空白の目立つ用紙に視線を落としたままいった。「なぜこの質問紙に答えなかったんだ」

大将は眉間《みけん》にしわを寄せた。

「最初のかい？」と聞いた。「ちょっとトラブルがあってね」そういいながら、手にした万年筆を持ち上げた。「インクが切れてね」

「そうだったのか。じゃこれだけもう一度やってもらえばいいか」しばらくして博士はそういった。受話器をとって、秘書に最初のテストの回答用紙を一枚持ってきてくれるようにたのんだ。

　小さな帽子に白い手袋をつけてすでに出かける支度をしていた秘書は、博士に用紙を渡すと、あいさつをして帰っていった。博士は立ち上がると、大将の向かいに腰を下ろし、小さなストップウオッチの数字をゼロに戻した。スタートボタンを押す前に、いった。

「これが終わったら、いっしょに食事でもどうだい？」

「いいよ」と大将が答えると、博士はスタートボタンを押して、机に戻った。

　大将は今回、説明を読まなかった。熱情にかられたように大急ぎで空欄に書き込んでいった。《この調子だと――と博士は心の中で思った――昼飯に早くありつけるな》。フローレス・オスクーラス通りの、診療所からさほど遠くないレストランで席を予約していた。机の引き出しを開けて、手帳を取り出した。五時まで何の予定も入っていなかった。五時には恩師で同業のポンセ博士に会うことになっていた。

《この新法はまったく気にくわんな》と前の日に老精神科医はいったのだった。《わからんのかね？　長い目で見れば、わりを食うのはわしらだ。いまはただ利用されているだけだが、そのうちに判事に祭りあげられるさ。そうするとあらゆる中傷や脅迫、贈賄の標的にされるだろう。この権限はわしらにあたえられたというより、押しつけられたといったほうが正しいと思うが、医者としては少しもありがたくないね。しまいにはわしらが背後で糸を引いていたってことにされてしまう。まあ、いまにわかるさ》

大将は万年筆を宙に浮かせたまま凍りついたようになっていた。視線は用紙に釘《くぎ》づけになったままだった。博士は声をかけた。

「どうかしたのか?」

ひとりだと思っていたのに、ふいに誰かに声をかけられた者のように大将は、ぎくりとして、博士のほうを向いた。

「わるかったな」と博士はいった。

大将は首を振って、だいじょうぶだといった。そして万年筆をテーブルの上に置いた。博士は大将を居心地わるくさせていると思って視線をそらし、時計をのぞき込んだ。大将はふたたび万年筆を手にとり、紙に近づけたが、またもその手は凍りついたように静止した。

「いま何枚目だい?」と博士は聞いた。

少しためらってから大将は答え、ふたたびカードをじっと見つめた。博士は奇妙な喜びを抱きながら、推測が当たったと思った。大将はまたも同じカードでつまずいたのだった。マクレランド図版集の四枚目――黒い染みのカード――を抜き出して、ジャケットのポケットにしまった。立ち上がって、机のむこうに回った。大将は同じ姿勢のままじっとしていた。ペン先は紙の手前で止まったままだった。博士は一歩まえに踏み出したが、そこで足を止めた。大将の首筋に赤みが差し、そのまま這《は》いのぼってその耳を赤く染めた。万年筆を握りしめていた手がいきなり乱暴に動くと、インクがほとばしった。

「ちくしょう!」と大将が叫んだ。

《母親と娘だな》フェルナンデス博士はふたつの黒い染みを見比べながらつぶやいた。マクレランドの黒い染みに対応するように、回答用紙の上にもインクの染みができていた。手についたインクをハンカチで拭《ふ》き終えるのを待って、博士は大将に聞いた。

「で今度はどうしたんだい?」

大将はズボンの後ろポケットにハンカチをしまってから、首を横に振りながら、左右の染みを交互に見た。

「インクが飛びだしたんだ。君も見ただろう?」万年筆がテーブルの上に転がっていた。

「こいつはもう使うまい」

「いったいどうしたんだ?」と博士はいった。自分でも呆気《あっけ》にとられていた。二度の失敗は意外だった。納得のいく説明が見つかるまで、これは調べることになるな、と思った。

大将は口を開き、いくらか口ごもりながらいった。

「まあ大したことじゃない。そう願いたいね」その声には弁解じみた響きがあり、軍人らしからぬ口調だった。

「まあ、とりあえず、これは忘れよう」と博士はいい、自分のハンカチでテーブルを拭いた。「行こうか。ラス・アネーモナスで席を予約してある。あまり遅れると、キャンセルされてしまう」

「わるかったな。申し訳ない」と大将は立ち上がりながらいった。万年筆を手にとった。ひどく疲れているように見えた。息をするのも大儀そうだった。

表に出ると、春の午後の陽差しのもとで、博士は友人(心の中で相手への友情がよみがえってくるようだった)の表情を暗くしている目の隈《くま》を見てとった。ふと気になっていることがあることに気づいた。大将に顔を向けた。

「アマリアは元気かい？」

「元気だよ。いたって元気だ」


ラス・アネーモナスでは、ドイツ系の太った店主がテーブルに案内してくれた。大将はこの招待を受けたことを後悔した。カウンターでにぎやかに話している人びとの中に、彼を知っている人間が何人かいた。新聞記者もいたようで、歩いてくるふたりに向かってカメラを構え、三度シャッターを押した。けっきょくほかのテーブルから少し離れた席に案内された。かたわらに窓があり、コロニアル風の中庭に面していた。中庭の中央に、石造りの噴水と、日向《ひなた》でまどろむ二羽の金剛オウムが見えた。大将はようやく心が落ちついてきた。だが自分がフェルナンデス博士といっしょだと気づいた者がいるかもしれないと気になった。あすの新聞に、この昼食会のことが書きたてられるなと思った。

博士には大将のそうした心の動きが読みとれた。

「わるかったな」といった。「社交欄にそろって登場することになるな。まったく、新聞記者にはまいるよ。特権階級だ」

「そうだな」大将はメニューを眺めながら同意した。「日に日に大きな権力を手に入れてるよ」メニューを閉じた。

「強力なネットワークがあるからな」と博士はいった。「大統領府も連中のやりかたをもう少し学ぶべきだよ。外国の新聞社の局長のほうが、この国の政治家よりも、国内の重要問題について詳しかったりするんだからな」

「そうかね」大将はあいまいな声でいった。「大統領は新聞を読まないって話だよ。そのほうが賢明だろうな。ろくなことが書いてないからな」

ウエイターが食前酒を運んできた。黒々した髪の男で、インディオのような顔立ちをしていた。男が調理場のほうへ引き返すと、博士はいった。

「あの顔からするとマヤ・ポコムチ人だな。もうそれほど多くないらしい。絶滅寸前だ」

大将は軽く肩をすくめ、ふたたび窓の外を見た。金剛インコはあいかわらずじっとしていた。噴水のまわりには、舞い下りてきた黒い鳥たちが水浴びをしていた。

「ところで、ハイチで何が起こってるんだい？」それまで飲み物のグラスに視線を向けていた博士が、唐突に聞いた。「また船が撃沈されたようじゃないか」

話題がなじみのある領域に入ってきて、大将はホッとした。

「まあ新聞がうそをついてなければ」といった。「乗っていた人間は、みんなもう死んでたんだ。船は漂流していたという話だ」

「白い旗を掲げていたと書いてあったな。大勢の難民予備軍を乗せていたとか」博士は体をのりだした。声の調子に緊迫感がこもった。

「キューバ人たちはそう思ってないようだ」と大将はいい、もう一度窓の外を眺めた。それから声を低めた。「難民でも、難民予備軍でもなかった。病院から送り出された死体かその予備軍だったのさ。特殊な病院があって、そこで生きている動物、まあ人間だけど、その人間の体内でウイルスやバクテリアが培養されてるんだ」

「あり得ない話じゃないな」と博士はいった。「相手がグリンゴなら、なんでもありだ。だがその辺のところは、誰かにちゃんと調べてもらいたかったな」

給仕が料理を運んできた。博士の指示で、大将の皿に先に料理が盛られた。

料理を盛るとき、給仕はほうれん草のスープを少しテーブルの上にこぼした。給仕が去ると、博士は両手の人差し指と親指で菱形《ひしがた》をつくり、ほうれん草の染みを囲った。

「これは」と大将に聞いた。「何に見える？」

大将は緑色の染みを見ながら、口の中のパンを噛《か》みつづけた。

「カエルだな」パンを呑み込むと、ようやく口を開いた。「つぶれたカエルだ」

「なるほど」と博士はいった。

大将はもう一度窓の外を見た。金剛インコの一羽が短く切られた羽を広げた。博士はポケットからマクレランドの黒い染みのカードを取りだし、テーブルの上に置いた。

「じゃ、これはどうだ？」といった。「何に見える？」

大将は黒い染みに視線をくぎづけにしたまま、口を開けたきり、何もいわなかった。


染みを見たとき、強烈なライトに目を射られたように感じた。大将は目を閉じ、視線をそらした。瞼《まぶた》の裏側に焼き付けられた印画は、まぶしくきらめいた。

「どうした？」と博士は聞いた。「さあ、もう一度見て、何かいってくれ」

大将はめまいに耐えながら、もう一度カードを見た。染みはまるで強力な磁石のように自分を吸い寄せた。両手でテーブルを突っ張り、背もたれに背中をあずけてぴくりとも動かなかったが、黒い染みに向かって――真っ逆さまに墜落する小型飛行機の無防備なパイロットのように――突っ込んでいくようだった。染みが滲《にじ》んで、紙から盛り上がり、自分を呑み込もうとしていた。ふたたび目を閉じた。

大将は赤とオレンジ色を背景に、黒い染みのきらめく裏側を見た。とつぜんそれは、さまざまな色の破片に砕《くだ》け、四方八方に飛び散ったが、すぐにふたたび集まり、多彩な幾何学模様に形を変えた。万華鏡のような眺めは、大将を元気づけ、にわかに子供じみた喜びが湧き起こった。《だがこの匂《にお》いはなんだ?》と思った。広々とした牧場《まきば》のような緑色の匂いだった。

「匂い?」誰かの声が耳に届いた。

大将はその声の主《ぬし》がわからなかった。すぐそばで聞こえたようでもあったし、遠くから聞こえてきたような気もした。聞き覚えがあるような、ないような声だった。曙《あけぼの》の炸裂する光に不意を突かれた星たちのように、陽気な彩りの光が消滅した。とつぜん、つんとしたにおいが鼻を打ち、先ほどまでの心地よい甘い香りが消え去った。小川のせせらぎか、風に揺れる葉音のようなざわめきが聞こえたが、しだいにそれが人びとのひそひそ話であることがわかった。「マティーニのせいかね?」「そうじゃないだろう」「暑さだね」「ほらほら、意識が戻ってきた」「大したことじゃなかったんだ」気を失っていたのだとわかった。頭を振った。

給仕が彼の鼻の下にアンモニウム塩の小瓶を当てていた。かなり高いところから何人もの人間にのぞき込まれていると思った。だがそうではなかった。人びとは彼のまわりに立っているだけだった。そして彼は冷たいタイルの床の上に横たわっていたのだ。ピカッと何かが光って、目がくらんだ。もう一度光って、さらにもう一度光った。

「やめてください」とフェルナンデス博士はしきりにくり返した。「フラッシュはたかないでください」

誰かが手を差しだし、大将は起きあがった。

「ありがとう。もうだいじょうぶだ」といった。「もうだいじょうぶだ」

「知らぬ間に気を失ったんだ」大将はふたたびテーブルにつくと、そういった。給仕と野次馬たちはすでにいなくなっていた。「申し訳なかった」

「こっちこそわるかった」と博士は答えた。「すまなかったな。ちょっと手がすべったんだ。まあ、こういうこともたまにはあるさ」

「こういうことって？」と大将は苛立たしげに聞いた。「どういうことだ？　わたしはしょっちゅう気絶してるわけじゃない」

「珍しいことじゃないさ」と博士は断言し、料理に塩を振りかけた。

「珍しいことじゃない、そうか」大将は不愉快だった。

「よくあることさ」と博士は自分の皿をじっと見ながらいった。そして澄んではいるが、抑揚のない、無表情な声で話をつづけた。「ぼくらが、あまり慣れていないある種の刺激に出くわしたとき、それがあの染みのように、記憶の範疇《はんちゅう》に入らなかったりすると、こまった事態におちいる。あまりにも強固にそれに逆らうと、まあ相当な疲労感、肉体的・精神的な疲労感におそわれるものだよ。強く逆らうのは、その人の私生活や職業における立場となんらかの関係があるかもしれないし、気質とか本能的なものに起因しているのかもしれない。そして疲労感にとらわれると……」

大将はいま自分はたしかに疲れきっているような気がした。染みに対する自分の反応は、きのうの午後のあの奇妙な体験とどこかでつながっていると思った。支離滅裂なことばや映像が、重い頭の中でなんの脈略もなく飛び交うのだった。

「どこからはじめていいのかわからない」といった。

「はじめるって、何を？」博士はゆっくりした口調でいった。

「大したことじゃないさ」大将は苛立たしげに手を振り、大きな溜息をついた。そしておもむろに口を開いた。「きのうちょっとしたことがあってね。だけどあまりにもばかばかしくて、どう話していいのかわからないんだ」

「何があったんだい？」と博士は畳みかけた。堤防がひとつ崩れたことを内心よろこんだ。


抽象的な世界からきた男との遭遇をめぐる話は、大将の口からなめらかに語られたわけではない。むしろ根気強くひとつひとつ引き出されていくようだった。思考の糸が、相当にもつれ合っているな、と博士はしだいに思うようになった。

「ちょっと待ってくれ」と博士は口をはさんだ。「その冊子、持ってるかい？」

「いや。返してくれといわれたので返したさ」

「残念だなあ」と博士はいい、コーヒーの最後の一口を飲んだ。「それで、やつを怖いと思ったのかい？」

「怖い？　いや。気持ち悪かったな。気の毒にも思ったよ。変なやつだったんだ。頭のいかれたやつさ、きっと」

「どういう素性の人物か調べたほうがいいんじゃないか？」博士はいくらかの皮肉を込めてそういった。

「わたしもそう思う」と大将は、あくびをかみ殺しながら同意した。「だがもう機会を逸してしまったかもしれない」

ポンセ博士は友人の検査はよしたほうがいいと忠告してくれたが、案外それは正しかったのかもしれない、と博士は思った。疑わしいときは大将に有利なように取りはからうつもりでいたが、どうやらこのケースは腰を据えて検討してみる必要があるような気がした。昔の恩義に対して、不義理をもって応ずることになるかもしれないという思いは、気持ちのよいものではなかった。

「午後は休んだほうがいい」レストランの前で別れるとき、そう大将にいった。「そのうちに電話するよ」

大将の車は、迎えにきていた。運転手は扁平《へんぺい》な顔の色白の若者だった。博士は彼を見て猿を思い浮かべた。ドアを閉めると、大将の姿は曇りガラスのむこうに消えた。博士はきびすを返すと、フローレス・クラーラスに向かって歩きだした。最初の角にさしかかると、走ってきた一台の車が、白い大型犬をはね飛ばした。レンタカーだったが、止まらずに走り去った。犬は起きあがり、三回ぐるぐるまわったかと思うと、そのまま倒れて、動かなくなった。

IV

大将は帰宅するなり寝室に直行した。アマリアは化粧台の前に座って、出かける支度をしていた。

「どうでしたの?」と夫に聞いた。

「あまりうまくいかなかったんだ」と大将は答え、妻の背中を眺めながらベッドの縁に腰を下ろした。

アマリアは振り返った。

「うまくいかなったの?」微笑んでいた。

「まあ、そんな気がするよ。じきに結果が出るだろう」と大将はいった。翌日の紙面を飾るであろう自分の気を失った写真のことを思うと、気が滅入った。

アマリアは髪の一房をゆっくりと櫛《くし》で梳《と》かしながら、うなずいた。それから化粧台から立ち上がって、黒いブラウスを着た。

「あなたのいう通りだわ」といった。

大将は靴を脱いで、ベッドに寝そべった。

「出かけるのかい?」

「美容院よ」と明るく答えた。「お帰りを待ってたの。車を使っていいかしら?」

「いいよ」と大将はいった。「ぼくはひと眠りするから」

アマリアは窓のブラインドを下ろし、カーテンを引いた。

「よく休んでね」というと、部屋を出て、ドアを閉めた。

曇り空の午後の光が、ブラインドやカーテンを透かして部屋に入り込み、平らな天井に双曲線を描きだしていた。心地よい暗がりは、大将の気分を落ちつかせた。だができることなら海のそばにいたかった。ふたつの灰色の曲線は合流点に向かってぐっとせり上がっていたが、砕け散る直前の波頭を思い起こさせた。大将はふいにぎょっとした。聞き覚えのある声を聞いたような気がしたのだ。「大将殿!」という声だった。ベッドに座り込んで、まわりを見まわした。空耳だという気はしなかった。だがたとえ空耳だったとしても、もはやその声をかき消すことはできまいと思い、気分が萎《な》えた。耳をほじくった。だが声がそんなところから聞こえてくるはずがなかった。部屋には誰もいなかった。《頭がおかしくなっちまったのか》と思った。ふたたび横になって目を閉じた。心臓がはげしく鼓動を打っていた。《寝ないぞ》と心の中でつぶやいた。

「大将殿！」

目を開きたくなかった。抽象世界の情報員《エージェント》に会うのが怖かった。だが甘い香りが鼻をかすめた。

「お邪魔して申しわけありません。お休みになりたいのはよくわかっております」と穏やかな声が聞こえてきた。

そばに誰かが座り、ベッドが弾むのを感じた。大将は瞼《まぶた》をさらに固く閉じた。

しばらくしてまた声が聞こえた。

「ご説明しなければならないことがあります」

大将の耳は、いろんな物音をとらえはじめた。ひそひそ話や鳥の鳴き声、笑い声などだ。

誰かが彼のことを笑っていた。あまりにもばかげており、信じがたかったので、自分も笑いだしたい衝動にかられた。声に耳を傾けた。

「私のこの恰好なんですが、これを着るほかありませんでした――（小刻みな笑い声が湧き起こった）――なにしろポンセ博士だけですよ――（違うって、違うんだよ！　と抗議する声があがった）――この町で本棚のまえでゆっくり立ち止まってくれるのは、彼だけですよ。それでなんとか寸法がとれました。とにかく時間がとても大事なんです——（拍手が起こった）——理由はそれだけなんです。お笑いになりたいでしょうけれど」

大将はにこりともしないで目を開けた。きのうと同じ服を着込んだ冊子の男がそこにいた。笑いやひそひそ話が止んだ。《やつをここから叩き出してもいいんだ》と思ったが、眉ひとつ動かさなかった。男はさらに話をつづけた。

「さて、今回、お邪魔にあがった理由なのですが」といった。「それが大問題です」

考えを整理するかのように、長い沈黙がつづいた。

「そうですね、たとえばニュートンの万有引力のようなシステムが、別個にあると思ってみてください。一連の小さな物体が、油圧時計のパーツのように、自転と公転をつづけている、まあ完璧な装置なのです。少し前まで、宇宙とはそういうものでした。そしてわれわれは、それこそ何もかも、つまり木の葉一枚の落下にしても、あの国やこの国で作り出される詩の全容も、問題なく予測できたのです。だが残念ながら、現在では事情が変わってしまい、神様さえもつぎに何が起きるのか予想がつきません。マジョラナはつい六十年ほど前に例の方程式を書いたわけですが、おかげで誰もが、人でごった返す怪《あや》しげな永遠性の中に身を置くことになりました。さっき頭に思い浮かべていただいた時計が、ふんわりした雲に姿を変えてしまったようなものですよ」冊子の男はそこで息をつぎ、目をいったん閉じてから また開け、言葉を継いだ。「信じてください、大将殿。あの名高いビッグバンは、過去のことじゃありません。大爆発はすでに起きたことではなく、これから起きることなんです。みなさんはどういう視覚的なズレのせいかわかりませんが、過去としてあれを見てしまったんです。だけど実際のところ、この世の時計は、まさに時限爆弾なんです」

「いったい君は、何の話をしてるんだ？」大将は上体を起こしながら聞いたが、ふと体がガクッとねじれるような感覚をおぼえた。

「いいですか、もし時計が数分遅れたら、すべてがうまくいきます。それが叶《かな》わなければ、もはや過去も現在も存在しなくなります。ここだとか、あそこだとかいえるような場所も消滅してしまいます。時計を遅らせるためには、どこの時計屋さんも知ってるように、小さな塵《ちり》がひとつあればいいんです。大将殿はまさにその小さな塵なんです。私のいる世界の数秒の遅れは、こちらの何千年分に相当します。何千年か後なら、まあたぶん、笑わないでくださいよ、心配したくてももう何ひとつ残ってないでしょうからね」

大将は振り返って、妻の化粧台に自分の顔を写した。青ざめているようだった。

「いったいどういうことだ?」といった。「おれに何をしろっていうんだ?」

「何もしなくてけっこうです! そうです、何もする必要はありません! 毅然としていただければいいんです。変わってはいけません。何がなんだって、その位置にとどまっていただきたいのです。いまあるままに、そのままのご自分でいてくだされればよろしいのです」

大将は目をつむり、ふたたび横になった。相手がベッドから立ち上がるのがわかった。戸口に向かう足音を耳にした。ドアが開いて、やがて閉まった。

《なんてやつだ》ふいに腹が立ってきた。《寝室にまでやってきて》ベッドから跳ね起きると、スリッパを履き、廊下に出た。

大将の忠実な家政婦で、常《とこ》しえの寡婦《かふ》であったフローラ・エラルテは、運転手レミヒオと背の高い怠惰な守衛ラーサロの母親でもあった。彼女の体の中には、インディオの血は一滴も流れていなかった。父親の違うふたりの息子もそうだった。父親たちはあだ討ちにあい、サカーパやアグアスカトランで殺されていた。スペインからきた農夫たちで、異国の地で暮らしているうちに、果実や家畜はしだいに貧弱になり、落ちぶれたのだった。

寝室から出てきた大将は、廊下の奥にフローラの黄色い顔を見た。そこは中庭で、洗い場があった。

「ラーサロはどこにいるんだ?」と怒鳴った。「あの男をどうして入れたんだ?」

フローラはエプロンで手を拭きながら、小走りに走ってきた。

「ラーサロはお使いです、ドン・エルネスト。角の店へハムを買いに行かせました」

「ほら、やっぱりそうじゃないか」大将は中庭を横切って、門に向かった。

フローラはそのあとにつづいた。

「おまえはやつを見なかったのか?」

「やつって?」とフローラは唖然《あぜん》としていった。

表の扉は開いており、薄暗い玄関にわずかな明かりが入り込んでいた。大将は扉を閉め、かんぬきを掛けた。

「ラーサロが帰ってきたら、わたしのところにくるようにいうんだ」と荒々しくいった。

扉を叩く音がした。ラーサロだった。大将は顔をしかめ、彼をにらんだ。

「おまえはやつを中に入れたのか?」と聞いた。

ラーサロは狐《きつね》につままれたような顔で母親を見た。それから首を横に振った。

「誰も入っていませんが」

大将は怒りに体をふるわせて、とぎれとぎれにいった。

「おかしなやつが、おれの部屋まで入ってきたんだ」

ラーサロが怪訝《けげん》な表情を浮かべたので、大将の怒りは爆発した。

「おまえもけしからんやつだ！」と叫ぶようにいった。高ぶる気持ちを静めながら、かすれた声でつけ加えた。「荷物をまとめて、明日までにここを出ていくんだ」

「そんな、旦那《だんな》さま……」

大将はくるりと背を向けて、寝室に向かった。ドアを閉めるとき、フローラの泣き声がした。

V

フェルナンデス博士は大きな窓に歩み寄った。ポンセ博士の診療室にきていた。窓から旧市街が見渡せた。ガラス張りの、落ちぶれた印象の建物だった。

「わしが思うには」と老精神科医はいった。「スコットランド人がつくったあの検査法は、信用できんよ。信用できん女みたいなもんだな。君がどうしてそれを使いたがるのか、理解できんよ。おかげで、君は頭を抱えることになるし、わしも、君の友人も四苦八苦しなけりゃならん」

「信用できるものかどうか、これからはっきりしますよ」

フェルナンデス博士は恩師の冗談めいた批判を聞き流すことにした。これからの調査の進め方について、何か有益なアドバイスをしてくれるものと期待していた。曇り空に背を向けると、窓から離れた。

「でも、気絶したんですよ。一枚の刺激図版に対してあれほどの過激な反応を示したというのは、相当なものですよ。気圧計が嵐を察知して、一気にゼロまで急降下したようなものです」

「嵐の予報なんて、けっこう外れるさ」ポンセ博士はそういいながら、コートと傘を手にとり、ドアロに向かった。下におりて、若い同僚といつもの散歩に出かけることにしたのだ。

「ところで」表に出ると、ポンセ博士は話を切り出した。「さっきの件だが、図書館へ何しに行ったのか、何かいってなかったのかね?」

大将は何もいわなかった。フェルナンデス博士は首を横に振った。

ふたりは改革者《レフォルマドール》通りの遊歩道をのんびりと歩いた。午後のその時間は、ほとんど人影がなかった。こんもりとした木の上を、鳥の群れがかん高い鳴き声をあげながら飛び回っていた。ポンセ博士は以前、考えをめぐらせるには三つのやり方がある、歩くのはそのひとつだ、と冗談半分にいったことがあった。左脳のニューロンの発火と、脚や腿《もも》の伸縮運動とのあいだには、なんらかのつながりがあるはずだった。

「そこらあたりに問題が潜《ひそ》んでるんだろうな」と老医師は足を止めながらいった。「わしは君の友人を知らないが、どうもその話は、すべて作り話だとも思えん。もう一度話をさせてみることだよ」

フェルナンデス博士はうなずいた。すでに自分もその結論に達していた。恩師からそれ以上の話が出てこないのは残念だった。いささか失望した。

ふたりは通りの端にある小さな広場に行きついた。そこには馬にまたがったペレイラの銅像があった。陰気なインディオだったペレイラは、同じように陰気だが白人であった改革者《レフォルマドール》の片腕として戦ったのだった。

大粒の雨がぽつぽつと落ちはじめた。


広場の向こう側にポンセ博士の車がいつものように停まっていた。運転手のペドロは、禿げあがった頭を窓ガラスにあずけて眠っていた。黒い服をまとった女性が足早に車の前を通っていった。フェルナンデス博士はその姿を目で追った。

「ほら、あの女性……」後部座席に腰を下ろすと、となりのポンセ博士にいった。「海軍大将の奥さんですよ。こちらに気づかなかったようですが」

女性は広場を横切り、街路のひとつに入った。

「雨が気になってるんだな」とポンセ博士はいった。「声をかけたほうがいいんじゃないか?」

フェルナンデス博士は頭に手をやり、それはそうですね、といった。ペドロは交通法規を無視して車をUターンさせ、夫人の左側にそっと並んだ。アマリアはハッとして、足を止めた。中からフェルナンデス博士が出てきた。

「あら、先生じゃないの。びっくりしたわ」アマリアはホッと溜息をついた。それから笑顔を浮かべた。「誘拐されるんじゃないかと思ったわ」

魅力的な女性だ、とフェルナンデスは思った。

「濡れてしまいますよ」といった。「お送りしますよ。どちらへ?」

風が吹き込んで、アマリアの美しい髪を乱した。雨も本降りになってきたので、意を決した。

「おことばに甘えて、自宅までお願いしますわ」

ポンセ博士のとなりにアマリアを座らせると、彼は助手席に乗り込んだ。雨脚がいよいよ強くなった。

「奥さんはなかなか運がいいようですな」紹介のあと、ポンセ博士はいった。

「そうでしょうか?」アマリアは髪を直しながらいった。「きょうは何もかもうまくいかなくって、がっかりしてましたのよ」

アマリアの真剣な口ぶりは、はるかに若い女性を連想させ、フェルナンデスの注意を引いた。彼女のことはあまりよく知らないな、と思った。ペドロはゆっくりと運転していた。スコールのような雨で、道路が水浸しになりはじめた。フェルナンデス博士はアマリアに聞こえるように声を張り上げねばならなかった。

「喪服はどういうわけで?」

「喪服じゃないわ。ただの黒い服よ。ついてない日のついてないドレス」アマリアはそういいながら、フェルナンデスに聞こえるように、上体を前に乗り出した。「エルネストはだいぶ心配そうな顔をして帰ってきたけど、何かあったの?」

「心配顔で?」打ち明け話に感激して、フェルナンデス博士はふり向いた。「信じられんな」

「なんでしょう? 先生に何かいわれて、気にしてるんじゃないかしら。検査はうまくいかなかったんでしょうか?」

「いいや、まるでその逆ですよ」と答えた。「とてもうまくいったんです」

アマリアはふたたび背もたれに上体をあずけた。

「それじゃ、うちにお寄りくださらないかしら。主人が安心するわ」

フェルナンデス博士はバックミラーに映った恩師を見た。ポンセ博士は横なぐりの雨が打ちつける窓から目をそらさずに、自分はかまわないといった。

アマリアはそのあと、自宅からだいぶ離れたところで雨に降り込まれたのは、運転手が迎えにこなかったからだといった。美容室で待っていたが、姿をあらわさなかったところを見ると、約束を忘れたか、事故にあったのだろう、ということだった。

「あなたも入ってちょうだい」とアマリアは玄関口からペドロに叫んだ。「フローラがコーヒーをつくってくれるわ」


ふたりの精神科医はアマリアのあとについて、ガラス天井に覆われた中庭に入った。ガラスに雨が当たって、大きな音を立てていた。中庭を抜けると、ほの暗い廊下を通って、分厚い絨毯《じゅうたん》が敷きつめられた居心地のよい居間に出た。部屋の奥に棚がしつらえてあり、いくらか年代物の航海計器——時計や羅針盤、四分儀や六分儀——が並んでいた。アマリアはカーテンの掛かった窓のそばの長椅子をふたりに勧めると、大将を呼んでくるといって、部屋をあとにした。

「彼になんていうんだね？」とポンセ博士は聞いた。

フェルナンデスは旧友のことをあれこれ話したことを後悔した。先入観を植え付けてしまったように思った。老精神科医の視線を避けた。

「明日会いたいとでもいいますよ」と答えた。

海軍大将が部屋に入ってくると、ふたりは立ち上がった。

「なんだ、また君じゃないか」と大将はポンセ博士を睨《にら》みながらいった。それからフェルナンデス博士のほうを向いて、大きな声を出した。

「君もこの男を知ってたのか？」

ポンセ博士は困惑しているように見えた。フェルナンデス博士のほうは明らかに意表をつかれたようだった。

「おふたりは知り合いですか？」といいながら、大将とポンセ博士の顔を交互に見やった。

「いいや」と博士は答え、大将が威嚇する表情で歩み寄ってきたので、一歩あとずさりした。

「いいや、とはなんだ」といった。

ポンセ博士は長椅子の背後にまわった。

「落ちつけよ、エルネスト」とフェルナンデスはあわてていった。「なにかの勘違いだよ」

大将は足を止めたが、老医師から目をはなさなかった。

「こちらはアティリオ・ポンセ博士だ」とフェルナンデスは紹介した。「名前は聞いたことがあるだろう？」

大将は首をまわしてフェルナンデスを見た。そしてふいに肩を落とすと、その顔から表情が消えた。

「信じられんな」といった。ふたたびポンセ博士のほうに顔を向けた。「お名前は何度もうかがってますよ」

椅子に腰を下ろすと、客たちもそれにならった。

《あの匂いがない》と思った。

足元で大地がぱっくり割れたように感じた。胃や陰部がうずき、奈落《ならく》の底に落ちていくような感覚にとらわれた。だが間違いなく自分の家にいて、肘掛け椅子に座っていたのだ。

そして近くに手出しのできない敵がいた。《いまは無理だ》と心の中でつぶやいた。頭をはっきりさせてものを考えなくてはいけないと思った。だが頭をはっきりさせても、けっきょく物事がはっきりしないこともわかってきた。全幅の信頼を置いているわけではないフェルナンデスに、前日のできごとを打ち明けてしまったことを悔やんだ。とはいえ、きょうの事件は、さらに奇妙でばかげていた。黙っておこうと思った。そばのものを片づけようとでもするように、手を出しては引っこめた。しまいには手を膝の上に置いて、やっと人心地がついたように口を開いた。

「先生にはドッペルゲンガー（分身）がいますよ」

ポンセ博士はわずかに頭を傾けた。そしてフェルナンデス博士のほうを見てから、海軍大将に視線を戻した。

「分身がね……。見たのですか？」

「ええ」と大将は笑いながら、気さくな口調で答えた。「見かけましたよ」

「まあ、ご覧になったというのであれば、まちがいないんでしょう。そうか、私に分身がいたのか」

三人が笑ったので、その場の雰囲気がいくらか和らいだ。ポンセ博士はさらに大将に聞いた。

「それで、私の分身はどこにいましたか？」

大将はすぐに返事しなかった。そして冊子の男は、ほんとうに博士の分身だったのだろうかと自問した。幻覚であろうはずがないという答えが返ってきた。

「街で会いました」と答えた。

ポンセ博士はじっと彼を見た。

「しつこくお尋ねして申し訳ないが」といった。「気になりますので……。その男と話をしましたか？」

大将はフェルナンデス博士の顔をのぞき込んだ。やはり胸の内を明かすべきではなかったと思った。

「ええ、少しだけですが」といいながら、額にしわを寄せた。「妙な訛《なま》りで話してたな。それに変な香水をぷんぷんさせていた。まあ改めて見れば、そう似ているわけでもないようだ」

「そうですか？」とポンセ博士はいった。「ホッとしますな」

大将は肘掛け椅子に深々と座りなおした。《いったいこの男たちは何しにきたんだろう？》と思った。ふたりの医師は顔を見合わせた。まさかこれは検査のつづきじゃないんだろうな、とふと思った。

アマリアが部屋にもどってきた。フローラがそのあとにつづき、飲み物をのせた盆を手にしていた。グラスに氷が入れられ、酒がつがれた。美容室に姿を見せなかった運転手のレミヒオのことが話題になった。

話が一段落したところで、アマリアは夫に聞いた。

「ねえ、あなた、何があったの？　ラーサロもフローラも出ていくそうよ」

「そうかい？　フローラもかい？」大将は驚きを隠せなかった。フローラの忠誠心だけは、どんなことがあっても変わらないだろうと、長い年月のうちに思うようになっていた。

「ラーサロは重大なへまをやらかした。フローラは勝手に出ていくだけだ」

アマリアはその返事に満足して、ポンセ博士のほうに目を向けた。

「東部《オリエンテ》の人びとの精神構造を研究すると、面白いでしょうね」といった。「もちろんこの国の東部のことですけど。たとえば、このフローラって人は、祖父にも父親にも兄弟にも、そしてほかにもいろんな人にレイプされたのですけど、わたしは彼女ほど精神的にまともな人を知りませんわ。まともっていうのは、まあ、一般の社会生活にうまくなじんで、みんなと歩調を合わせて生活できるという能力のことですけど。それに東部の男たちってどうでしょう。朝から晩まで女のことしか頭にないみたいじゃないですか。みんながもうマッチョで、ホモなんかひとりもいないんですもの。ハ、ハ、ハ」

「なるほど」とポンセ博士はいった。「それは面白いテーマですね」

大将は不服そうだった。

「大げさだよ、アマリア」

そのとき台所のほうから弾力のあるやわらかな悲鳴が、長く尾を引いて聞こえてきた。

「あら、たいへん。フローラだわ」アマリアは立ち上がって、廊下に出ていった。

《気の毒な女だ》と大将は心の中で思った。《東部の女たちは、親しい人間に死なれると、ああいう悲鳴をあげる。たぶんレミヒオだろう》

ポンセ博士はフェルナンデスに語りかけていた。

「まあ単なる研究じゃ無意味かもしれない。だが研究の成果が具体的な行動に結びつけば、収集されたデータがいろいろ役に立つ。新しい理論が見つかるだろうし、新しい法律も施行できる。それを利用して、過激な因習を駆逐してしまうんだ。それで……」例として、半世紀前に自分の父親がサン・パスクアル・バイロンという町で、茄子《なすび》の栽培（征服直後からおこなわれていた）を、禁止させることに成功したいきさつを話した。その地方には麦角菌によく似た特有の黴《かび》があって、茄子に寄生するようになった。それを食べた人間は、長い潜伏期間のあと狂気におかされた。突発的にあらわれる狂気で、しばしば悲劇的な事態を生み出した。

大将はぼんやりと博士の話を聞いていたが、ときおり用心のためか、気を遣ってか、話に関心があるふうを装った。だがそれでも、耳に届く話の切れ端と、頭を駆けめぐってい た想念が組み合わさって、いささか歪んだ陰気な思いにとらわれた。——ポンセ博士に分身などいなかったのだ。博士はまさにあの男であり、自分を挑発するためにそこにきていた。自分を発狂させようとたくらんでいたのだ。

《おれがやつを知っていることを、やつは知ってるんだ》と思った。じつに病的な男だった。こんな芝居を打てるのは、頭のおかしなやつだけだ。だがもしあれが芝居でなかったとしたら、自分の頭がほんとうにどうかしてしまったのだ。ウイスキーをひと口あおった。信じがたいことだった。

アマリアが部屋に戻ってくると、ポンセ博士は口をつぐんだ。

「レミヒオが事故に遭《あ》ったんですって」とアマリアはいった。「病院に運ばれて、重体らしいの」

フェルナンデスはアマリアにいった。

「君の勘が当たってたんだ」

アマリアは夫のほうをふり向くと、となりに腰を下ろした。そして声を潜めて、耳元にささやいた。

「ラーサロを許してやったほうがいいんじゃないかしら。少なくとも代わりのお手伝いが見つかるまで、いてもらったほうがいいわ。そう簡単にいい人が見つからないんだから。お手伝いさんも運転手もいなくなると、ほんとうに困ってしまうわ」

「私たちはそろそろこれで……」とポンセ博士がいうと、フェルナンデス博士はうなずいて立ち上がった。

「では、明日また診療所で……」と大将にいった。「十時でいいかな?」

アマリアはふたたび立ち上がると、博士の運転手に知らせてくるといって、部屋を出て台所に向かった。大将は客たちを廊下まで見送った。雨があがっていた。中庭を横切って玄関に向かう客たちの後ろ姿を眺めながら大将は、抽象世界のあの男が存在することはあり得ないが、やつの助言にしたがって気をつけよう、自分の地位を奪われてたまるものか、と思うのだった。居間に戻ろうときびすを返したが、アマリアの声が聞こえてきた。ポンセ博士の運転手にコーヒーを出せなかったことを詫《わ》びていた。

「ペドロが面白いことをいってるよ」遠ざかっていく車の中でポンセ博士はいった。「わしら精神科医は、どうやら不吉な鳥だそうだ。そうだな？」

ペドロはあざやかな笑いをつくった。そしてバックミラーを見ながら、しきりにうなずいた。

「きょうはあの家もたいへんでしたからね」といった。

フェルナンデスは好奇心にかられた。

「あそこの運転手はどうなったんだい？」

雲に覆われていた空は、すでに晴れ渡っていた。雨を降らせ、すかすかになった雲は、東側の峡谷に向かって盆地をあがっていった。雲はまるい綿のかたまりのようだった。山の背後に沈む日に染まって、ところどころ赤く血のように見えた。

「まあよくわからんのですが」とペドロは間延びした口調でいった。町の上のほうにある地区をめざして車のスピードをあげた。「人を轢《ひ》いてしまったみたいですよ」

「そうかい？」とフェルナンデス博士は煙草に火をつけた。「奥さんは運転手がけがをしたっていってたが」

「まあ車が走ってるときは」とペドロは自信ありげにいった。「なんだって起こりますからね。だけどまあたぶん何かの勘違いでしょう。ラーサロからの話だからなおさらです。やつはちょっと足りないところがありますからね。こんがらがってしまったのかもしれません」

「ラーサロって誰だい？」とポンセ博士は聞いた。

「あの家の守衛ですよ」とペドロは答えた。「まあ、守衛でした、のほうが正確ですね。家政婦の息子で、運転手の弟にあたります。だけどきょう首になったみたいです」

フェルナンデス博士はポンセ博士に顔を向けた。

「アマリアがあの家政婦について話したことは、ほんとうでしょうかね？」

ポンセ博士の耳にはその質問が入らなかったようだ。

「それで」とポンセ博士は運転手に聞いた。「大将はどうしてあの男を首にしたんだ?」

「それがですね」ペドロの口調はまた間延びしたものになった。「大将が昼寝をしてるときに、誰かが寝室に忍び込んだみたいですよ。だがラーサロはそれに気づかなかった。洗い場で洗濯をしていた母親の目にも入らなかった。洗い場からは廊下の一部が見えるんですが、そこを通らないことには大将の部屋へ行けません。彼女に見えたのは、廊下に飛びだしてきた大将だけで、アヤクアー(死に神)にでも追いかけられてるみたいだったそうですよ」

フェルナンデスは、アヤクアーが何なのか知らなかった。

「けっきょくフローラも出てくっていってますよ」とペドロは話をつづけた。「大将のために二十年働いたのだから、退職金を出してくれるようにいうそうです。その金でラーサロといっしょにアグアスカトランに戻るっていってます」

フェルナンデスの脳裏に、あの地域の人びとについてアマリアの話したことがよみがえった。

「それはそうと、例の検査法だが」とポンセ博士は切り出した。「悪くなさそうじゃないか。わしも考えを改めなきゃならんようだ」

フェルナンデス博士は吸いかけの煙草をもみ消した。

「本気ですか？」いくぶんかすれた声で聞いた。「公平を期すためには、中将にもやってもらったほうがいいんじゃないでしょうか？」

「もう遅いよ」とポンセ博士は答えた。「中将の報告書はもうできあがってるからな。けっこういいんだ」そしてひと呼吸おいてから、ふたたび口を開いた。「亭主がしくじったら、アマリアはどうするかな？」

「大将についてあまり決めつけないでくださいよ」とフェルナンデス博士は抗議した。

ポンセ博士は軽く笑って、決めつけているわけではなく、ふとそう思ってみただけで、大将はいずれにせよ、わが身の狂気をうまく制御できると思う、といった。フェルナンデスは、明日の木曜日、いつもの時間に、今度は自分の診療所でまたお会いしたい、といった。ポンセ博士は、ことの顚末《てんまつ》を見届けたいので、喜んでうかがおう、だがサント・トマスへ釣りに行くことになっているので、いつもより時間を少し早めてもらいたい、と答えた。ペドロがつぎの交差点をどちらに曲がりますか、と聞いたので、ポンセ博士はフェルナンデスのほうを見た。

「うちで晩飯をどうだい？」

フェルナンデスはポンセ博士の予想が当たると、魅力的なアマリアはどうなるのだろう、と空想をめぐらせはじめていた。

「いや、きょうは遠慮します」と答えた。

「左だ」とポンセ博士は運転手に命じた。

車はいささか唐突に左に曲がった。


「ねえ、あなた」とアマリアは大将にいった。「わたしたちは前線にいるわけじゃないのよ。この家だって軍艦じゃないんだから。ラーサロがかわいそうよ。角の店へ石鹸《せっけん》を買いにいっただけなんだから。ねえ、お願い」

《おまえは軍人の家柄だぞ(曾祖父《そうそふ》はむかし、国民に総動員がかけられたとき、フライハーネスの町で軍に入隊したのだった)──と大将は心の中でつぶやいた──おまえにとっては規律が大事なんだ》。だがレミヒオの事故の知らせやその母親の嘆きは、彼の心を動かした。けっきょく折れることにした。だがラーサロのいいわけは通らないと思った。今度また持ち場を勝手に離れたら、即刻首だからな、といった。

フローラに知らせてくるわ、きっとよろこぶわ、といってアマリアが出ていくと、大将は椅子に座ったまま居間にひとり残った。ふと明くる日の新聞に載るはずの写真が脳裏をよぎった。二回目だった。床に死んだように横たわっている自分の姿を想像して、またも気分が滅入ってしまった。そこへアマリアが上機嫌で戻ってきて、そばに腰を下ろした。そして彼の手をとって、やさしく撫《な》でた。

「レミヒオが戻ってきたわ。ぴんぴんしてるの」

「なんだって?」手をひっこめた。静かだが断固とした動作だった。

「いま戻ってきたところよ。車が一箇所くぼんでしまったようだけど、レミヒオのほうはかすり傷ひとつなくて、元気なの。警察署に連れていかれたけど、警察に友だちがいるんですって。それに轢《ひ》かれた人は、酔っぱらいで、身分証明書も何もなかったらしいの。帰っていいっていわれたそうよ」

フェルナンデス博士は家のドアに鍵を差し込むと、二回ほど回転させた。出るときは一回だけまわしたはずだから、中に誰かいるのではないかという予感がした。ドアをそっと開けた。中は真っ暗だった。片手をのばして、照明灯をともすと、熱帯の植木鉢の小さなジャングルが浮かび上がった。それから右手の廊下の明かりをつけた。足音をしのばせた。寝室に入ると、スタンドのスイッチをひねった。乱れたベッドは朝出かけたときのままだった。誰も寝ていないことがわかって、いささかがっかりした。シーツの下に女が潜んでいることを期待していたのだ。別れた妻がそこにいてもおかしくなかった。彼女とは一年前に離婚していた。だがいまでも友だちのようにつきあっていたし、これまでも何度か思いがけず訪ねてきたことがあった。あるいはサンドラということも考えられた。バルコニーの扉をうっかりして開けたままにしたので、このあいだのようにそこからのぼってくるかもしれなかった。また若いテオのことを思うと、胸がときめいた。テオデリーナ・カレーラはみごとな肉体と悲劇的な運命の持ち主だった。しばらく前に発作的に自殺を企て、彼の患者となった。私立の療養施設に入って、錠前職人の訓練コースを首尾よくこなしたので彼は、——暴君で、圧倒的な権力と影響力を持つ父親の意向に反して——娘を退院させた。おかげで彼はその娘と、友だち以上の関係を結ぶことができた。だがいまそこには三人ともいなかった。博士は上着を脱いでハンガーにかけると、ベッドに寝そべった。そのときバスルームからテオの声が聞こえてきた。

「わたしたちはここよ！」

フェルナンデスはベッドから飛び起きると、バスルームへ行ってドアを開けた。いくらか青ざめた顔をした娘は、裸のまま、空《から》の浴槽に横たわっていた。そして床の上には、ひと組の若い男女が転がっていた。博士は眉をしかめて周囲を見まわした。テオは両腕を差しだした。

「きて」とからかうような口調でいった。「わたしの救世主ちゃん」

「こいつらは何だ？」と博士は尋ねた。

テオデリーナは蔑《さげす》むような目でふたりを見た。

「クスリよ」

「うちのドラッグを使ったんだな、きっと」博士はそういうと、男の股間《こかん》を軽く蹴った。

口がかたいことで定評のある救急隊が、連中を運び去ったとき、すでに夜が明けていた。

フェルナンデス博士はホッとして、ようやく眠りに就いた。

VI

海軍大将は朝早く目覚めた。気分は壮快だった。自分にも意外なことだった。何時間も寝つかれなくて苦闘した末に、強力な睡眠薬でも飲んだようにぐっすり眠ることができたのだ。上体を起こすと、ベッドサイドに座って、毛足の長い絨毯《じゅうたん》に足をつけた。そのときには、すでにフェルナンデス博士に何もかも話そうと心に決めていた。洗面しながら、この方針――彼の厳格な道徳心にかなっていたが――は、最終的には彼に勝利をもたらすはずだと思うのだった。そしてこの壮快な気分は、けっきょくのところ、私心を捨て去ることができたからだと判断した。ほんとうに頭がおかしいのなら――鏡の前で彼は胸を張った――、早く知るに越したことはない。

小さな中庭でアマリアといっしょに朝食をとった。朝の暖かな陽差しが中庭に届きはじめていた。雀《すずめ》たちは赤いブーゲンビリアに縁取られた道路側の高い塀から、警戒しながら中庭の芝生に舞い下り、アマリアが投げるパンくずをついばんだ。出かける前に大将は、ガレージに寄って、車の被害状況を点検することにした。「洗車が済んだら、修理工場に持っていくんだ」。へこんだバンパーのあたりを磨いていたレミヒオにそういった。

家を出ると、フローレス・クラーラスの診療所に足を向けた。玄関先の小さな台に、ラーサロが腰を下ろしていた。のばした脚は、歩道を歩く人の邪魔になっていた。大将を見ると、すばやく立ち上がって、軍隊式の敬礼をした。私服を着ていた大将は、おはようといっただけで、ほとんどラーサロを見ずにそのわきを通った。足早に歩いた。質素な朝食の献立のことや、年齢のわりにはひき締まった筋肉や、手足の機敏な動きのことを考えていた。火炎樹とジャカランダは、きのうの大雨で花を散らし、オレンジ色や藍色《あいいろ》の花弁は、車道のアスファルトや歩道のセメントを飾っていた。木々の梢は朝のそよ風を受けて静かに揺れ、葉叢《はむら》に潜んだ鳥たちは、キーキーと鳴いたり、さえずったりした。バスを待っていた小学生たちの列は、大将が近づくとふたつに割れて道をあけ、にぎやかな話し声もぴたっと止んだ。そのまま歩いていくとつぎの角に新聞の売店があった。写真が出ているかどうかを見きわめたい誘惑にかられたが、それから逃れるように、反対側の歩道にまわった。「あんな連中なんか、くそくらえだ!」とつぶやいた。

「検査の結果をもう一度チェックしてみたんだ」とフェルナンデス博士は大将にいった。ふたりは前日のように、小さなテーブルをはさんで、肘掛け椅子に腰を下ろしていた。

しばしの沈黙のあと、大将は思い切って口を開いた。

「それで、どうなんだ?」

フェルナンデスはじっと彼を見た。大将は笑みをつくり、眉をあげた。

「合格かね?」

フェルナンデスは目を閉じ、首を横に振った。

「そういうんじゃないんだ、エルネスト」といった。「合格とか不合格とかいうんじゃないんだ。でもまあ、合格、ということにしよう」

「ふうっ」と大将は大きく息を吐き、体の力を抜いた。だが博士がにこりともしないので、ふたたび真顔になり、まっすぐ座りなおした。

「結果がそんなに気になるのかね?」

「そりゃ気になるさ」と大将は答えた。「検査だからな。何か意味があるからやってるんだろう?」

フェルナンデスは笑みを浮かべた。

「まあ、そうだろうね」といった。「いずれにせよ、まだ全部終わってないんだ。きのうの話をしてくれないか?」

大将もまさにその話をしたかった。だが精神科医のもったいぶった顔を見ると、抽象世界の男の話をしても、とうてい信じてもらえないだろうと思った。例の男が観念的な世界の存在を自分に納得させようと試みたのと同様に、自分の企ては失敗に終わるだろうと予想した。

「隠してたことがあるんだ」といった。「だが……」

「何もためらうことはないさ」と博士は促した。「ぼくを信じてくれ」

「信じてるよ」と大将はいい、大きく深呼吸した。

午前中の検査の折りに、インクがなくなったことや、そのあとのやり直しでインクが飛び散ったのも、うそだったと告白した。フェルナンデスが少しも驚く様子がなかったので、図書館で会った謎の人物が、午後になって家に訪ねてきたといった。

「それで何の用だったんだ?」フェルナンデスはまばたきひとつせずに尋ねた。

「もう少し詳しく話したいことがあるといってた。説明が不十分だったと……」

窓のむこうでは、二羽の鳥が木の枝にとまった。きょうは争う気配がなかった。

「それで……」

「ポンセ博士の姿をしてやってきたっていうんだ。ポンセ博士の服をコピーしたんだと。このまちで、開いた本の前でしかるべき時間じっとしているのは、博士ぐらいだそうだ。その間に寸法を測ったらしい」

大将はそこで一息し、精神科医がいまの話を消化するのを待った。

「なるほど。で、君は何をした？」

「何をしたって、何もしなかったよ」大将は少しためらってから、言葉を継いだ。「ベッドで寝てたんだ」

「男はほかに何と？」

「そうだな……」大将はまた口ごもった。「宇宙は時計みたいなものだといってたな。時計といっても、ほんとうのところは時限爆弾らしい。それで時計を遅らせて――爆発の詳しい日にちはいってなかったが――爆弾があまり早く炸裂してしまわないようにするには、小さな塵《ちり》ひとつさえあれば十分だと。ぼくがその塵になりうるってわけだ。それでけっきょく」大将はそこで謙虚に目を伏せ、肩をすくめた。「わたしがいまいる位置にとどまることがとても大事だっていうんだ」

「ほかには何ていったんだ？」

大将はもう一度顔をあげた。

「それだけだ」


フェルナンデス博士は上着の内ポケットから小さな手帳を取り出した。

「男は何時ごろにきたんだ？」手帳に何やら書き込みながら、そう聞いた。

「四時ごろだったかな」と大将は答え、これで話がおしまいだとでもいうように立ち上がった。

「どうしたんだ？」とフェルナンデスは苛立たしげに聞いた。「座れよ」

「まだ話があるのかい？」大将はふたたび腰を下ろした。

「ほかの話をしよう」と博士は提案した。

今朝、真実に面と向かうことを決めたときの心の平穏と爽快感はまだつづいていた。これから性生活について聞かれるな、と大将は身構えた。だがそうではなかった。

「『アンダルシア』を書いたのは誰だっけ？」とフェルナンデスは聞いた。

しばらく文学の話をした後、話題は芸術に変わり、やがて科学の話になった。あたりさわりのない楽しいやりとりだったので、大将はその抜群の記憶力と明晰《めいせき》な頭脳、機転の良さやユーモアのセンスを惜しげもなく披露した。はた目には仲のいい者同士が、日々の嫌なことを忘れて、にぎやかに談笑しているように見えただろう。

VII

大将が帰ると、フェルナンデス博士は机に座らずに、部屋の中を行ったり来たりした。大将の性格についてアマリアに聞きたいことがあったが、面会を申し込んでよいものかどうか迷っていた。けっきょく足を止めると、待合室に通じるドアを開けて秘書に大将の自宅に電話をつなぐようにたのんだ。大将がまだ帰宅していないことを願った。

「わたしと話をしたい？　どういうご用件かしら？」と受話器のむこうでアマリアの明るい声がした。

「それはね」とフェルナンデスはいい、受話器を握りしめた。もう一方の手は、紙の上にとりとめのない落書きを描いた。「いつもやってることなんだ。まあ、きちんと物事を把握しなくてはいけないときにね」

アマリアは笑った。

「だけど」とフェルナンデスは急いでつけ加えた。「無理にとはいわないよ。こういうことは強制できる筋合いのものじゃないからね」

「いいわよ、先生。いやがってるわけじゃないの。だけど参謀本部の将校たちの妻は、みんなこういうことを求められているのかしら。さぞいろんなことがわかるのでしょうね」

「医師によってやり方が違うんだよ」

アマリアはまた笑った。

「じゃ来てもらえるね？」自分の声に一途《いちず》な気配が混じっていることに気づいて、フェルナンデスは困惑した。

「いつうかがいましょうか？」アマリアは悠然と尋ねた。

「早いほうがいい」と精神科医はいった。「ご主人には知られないほうがよさそうだ。あまり心配させてもいけないからね」

ふたりはさっそくその日の午後に、診療所で会うことになった。

精神科医は心地よい陰を投げかけている窓のむこうの木に目を向けていたが、実際のところ、その木を見ていたわけではなかった。けっきょくまつわりつく妄想を追い払うように、椅子をくるっと回転させ、机の引き出しを開けた。

電話が鳴り、秘書がとりついだ。テオだった。

「会いたいのよ」と娘はいった。「そっちに行っていい？」

「駄目だよ」と精神科医は拒んだ。「ここには来ないほうがいいっていったろう？　わけは君もわかってるはずだ」

だがはたしてわかっていたかどうか？　受話器を置きながらフェルナンデスは首をかしげた。たぶんあの娘は何もわかっていない。世間体ということばは彼女にとって何の意味もなさないはずだ。娘の社会復帰に反対していた父親の判断は、正しかったのかもしれない。フェルナンデス博士は後悔しながらそう考えるほかなかった。マリアはあいさつをすると、帰っていった。彼はテーブルの上の書類を片づけた。オルドーニェス海軍大将にとって不利な診断を下すための、十分な根拠となりうる数枚のメモもその中に含まれていた。片づけが終わると、昼食を食べに出かけた。

メルセード教会の古い時計が十二時を告げたとき、大将はフローレス・クラーラス通りを曲がってソンブレレーロス（帽子職人）横町に入った。教会の翳《かげ》った壁に沿ってせまい歩道を歩いていった。自宅に帰るための近道だというわけではなかったが、元気だったので、青春時代を過ごした地区を少し歩いてみようと思ったのだ。そのときいきなり教会の側面の扉から、痩せて干からびた感じの男が出てきて、路地の様子をうかがった。そして大将のほうにつかつかと歩み寄ると、腰に両手を当てて、立ちはだかった。サングラスをかけ、ベレー帽をかぶっていた。目の前にきてようやく相手の正体がわかった。大将は足をとめた。

「おや、ポンセ博士じゃありませんか。おはようございます」手を差しだしたが、相手の反応はなかった。

「じゃ失礼」大将は気をわるくした様子もなく、わきをすり抜けようとした。だが男は大将の手首をぎゅっとつかんだ。

「大将殿、しっかりしてくれなくちゃ。私たちの仕事を真《ま》に受けないのはいいとしても、台無しにされちゃかないませんよ」

例のつんとしたにおいが、大将の鼻を打った。

「通してくれ」威嚇するような声でいった。だがポンセ博士の肉体を着込んだ男は手をはなさなかった。

「ここに入りましょう」教会の戸口を頭で示した。「ここだと不意打ちを食らうことはありません」

大将は路地に誰もいないことを確認した。男の後について、教会のひんやりとした暗がりに足を踏み入れた。香のにおいがしていた。

ふたりは隣り合って歩いた。手を後ろに組んでおり、徳の高い者たちのように見えた。

アーチを描く天井の高い側廊を進んで、柱廊に向かった。

「あなたは新聞を読まないのですか？」抽象世界の男が問いかけた。

「きょうはまだ読んでいないが」大将はそう答えるほかなかった。

「いったいどうしてあなたが選ばれたのか理解できませんね」男はがっかりしたような声でいった。「小娘みたいに気絶するんですからね！」

「なんだと！」大将の機嫌の良さは、そこで尽きたようだった。男の襟首をねじ上げて、揺さぶった。

「やめてくださいよ。落ちついたらどうですか」と男は穏やかにいった。「人が来ますよ。乱暴なまねをしたら、いいですか、ぼくは煙のように消え、あなたはどこかに閉じこめられることになる」

大将は手をはなした。脚がふるえだした。

「このまま歩いていきましょう」と男はいい、よじれた服をさりげなく直した。

ふたりは柱廊から聖具室のほうへ引き返した。大将は足を引きずるように歩いた。まるで半世紀分の疲労がとつぜん肩にのしかかってきたようだった。

「君のせいで頭が変になりそうだ」と口ごもった。「わからんのかね?」

「ようやく話に耳を傾けてくれるようですね? 本気なんですね? こちらも謝らなくてはいけないかもしれません。前にもいったように、あなたたちとの接触には馴《な》れていないんです。どういうふうにすればいいのかわからなくて……。この事態でおわかりでしょう」

「わたしを助けることが君たちの目的なら、まるで逆のことをやってるよ」大将は苦笑した。「この事態がまさにそれを物語ってる」

「まだすべてが駄目になったわけではありません。それをわかって欲しいんです。あなたは頭がおかしくなってしまったわけではないし、ぼくも幻《まぼろし》などではありません。ぼくのことは決して人に話さないでください」

「そんなことをいわれてももう遅い」相手が何も知らないことを不思議に思った。

「なんですって！」ポンセ博士に変装した男が叫んだ。「信じられない。そんなことまでいっておかなけりゃならなかったとは！」

大将は口をつぐんだままだった。

「どうやらぼくたちはあなたの知性を過大評価していたようです。いや、あなたの愚鈍さを過小評価していたというべきか」と幻でない相手は、きびしい口調でいった。「こんな国でどうしてあなたのような人間が、その地位までのぼりつめたのか、見当もつきませんね。まさか自分が賢い人間だとは思ってないんでしょうね？」

大将はむっとした。

「じゃ、あばよ」と男に挑むようにいった。「わたしには関係ないことだ」

とつぜん胸骨から背骨にかけて鋭い痛みが走った。つぎの瞬間、告解室の中に押し込まれて、神父の座る席に腰を下ろしていた。架空の男の予期せぬ腕力だった。

「何のまねだ」肋骨《ろっこつ》のあいだにナイフを差し込まれたようで、声が途切れた。

冊子を渡した男はせまい告解室のドアを外から閉めると、壁をはさんで大将の右側にひざまずいた。そして小さな格子窓越しに、早口で大将に語りかけた。

「輝かしい経歴を台無しにしたいのですか？　塵《ちり》をつくれる人間はいくらでもいます。だがあなたほどそれを人間的にというか、思いやりを持ってやってのけられる人はいませんん」

大将は額に手をやった。汗をかいていた。

「ぼくはひとつの数字に過ぎません」男は抑揚のない声で話をつづけた。「最初の記号が変わった途端、ぼくは存在しなくなります。そういうことってやはりこたえるものですよ。だけどぼくは、あなたとちゃんと決着をつけるまで、ここを立ち去るつもりはありませんからね」

「だけど……」

「いいですか、これはもう戦争なんですよ。あなたはまず、何もかも否定しなくてはなりません。ぼくに会ったことも、くたびれていることとさえ否定しなけりゃならないんです。ところで、あのフェルナンデス博士は、ほんとうにあなたの友人なんですか?」

大将は否定しなかったが、肯定するのもためらわれた。

「まあ、どっちでもいいでしょう。戦いの最初の相手は、あの男だ。じゃ、ぼくはこれで……。幸運を祈ってますよ」

「待ってくれ! おい、ちょっと待てよ……」と大将は叫んだが、ひとつの数字に過ぎない男はあっという間に姿を消した。

突き飛ばされたときの痛みは、しだいに背中の中央部から拡散していった。大将は前かがみになって膝の上に肘をのせると、大きく溜息をついた。だがそのとき告解室のドアが開いたので、はっと顔をあげた。痩せて小柄な男がそこに立っていた。聖具保管係だった。分厚いレンズの奥から彼を見つめる切れ上がった目には、驚きと怒りが入り混じっていた。

「そこで何してるんだ！　出ていけ！」とキンキンした声で叫んだ。

大将は立ち上がると、足早で近くの出口に向かった。


大将はメルセード教会を出ると、路地の壁に跳ね返る陽光で目がくらんだ。混乱し、自信をなくしていた。小さな告解室の中で、男の非難を聞いているうちに、心の中の防波堤が崩れ、不安の感情が雪崩《なだれ》を打って押し寄せてきたのだった。味方の攻撃にさらされている最前線の兵士のようだった。路地と交差する通りを一台のタクシーが走ってきた。大将は手をあげ、車に乗り込んだ。運転手は教会をぐるっと回ると、フローレス・クラーラス通りに出た。バックミラーを何度かのぞき込んだあと、話しはじめた。

「ねえ旦那、ここじゃ金のない人間よりも犬のほうが値打ちがあるんですよ」

大将の目は、運転手の太い首にくぎづけになったまま、自分の置かれた困難な状況について考えていた。黒人の運転手はさらに話をつづけた。

「このあいだ、このすぐ近くで、犬を轢《ひ》いちまったんだ。ところが何時間もたたないうちに、警察にしょっ引かれちまってね。泥除《どろよ》けに白い毛が見つかったというんだ。豚箱に入れられちゃかなわないから、袖《そで》の下を二百ばかり出さなけりゃならなかった。偉い人の犬だったって話だ。その同じ日に、従弟《いとこ》が跳ね飛ばされちまいましてね。あいつも黒人でタクシーの運転手だった。ところが轢《ひ》いたやつはお咎《とが》めなしだった。お咎めなしどころか、表彰されたかもしれねえ。なんてことだ。いとこは酔っぱらいにされちまったんですよ。やつは酒なんか一滴も飲めなかったのに」

大将は自宅までの短い道のりを、黒人の愚痴を聞くともなしに聞きながら、もう二度とあの男の脅しにのるものか、と自分に言い聞かせていた。

「ずいぶん浮かない顔ね」昼食のときに、アマリアは夫にいった。

大将は口を曲げたまま少し笑った。それから妻に聞いた。

「きのう、どうしてフェルナンデスとその友だちを連れてきたんだい?」

「私があの人たちを連れてきたんじゃなくて、あの人たちが私をここまで送り届けてくれたのよ」

大将は立ち上がって、廊下に通じるドアロに向かった。ドアを閉めると、また席に戻った。

「用心しなけりゃな」

「用心って、何を用心するの?」

大将は答える前にしばらく沈黙した。

「いろんな人間から身を守るためだ」そういうと、またひとしきり沈黙した。アマリアには理解してもらえないのではないか。話は最小限度にしたほうがよさそうだと思った。

「わたしを陥れようとしてる連中がいるんだ」

アマリアは大きな衝撃を受けたようだった。

「何ですって?」アマリアは夫のほうに身をのりだした。「どうしてそれがわかったの?」

大将は小さく首をふった。

「詳しくはいえないんだ」といった。「すべてをきちんと把握してるわけじゃない。いい加減なことを喋りたくないんだ。運良くというか、偶然にわかったんだ。まあ、こういうことは、ふとしたことでわかるもんだ。レミヒオのあの事故だって、もしかしたら計画されたものかもしれないぞ」

アマリアはまさか、といった。

「そのまさかなんだよ」と大将は話をつづけた。「だけどそう心配するな。殺されるというわけじゃないんだから。連中のターゲットは、ここさ」指をこめかみに当てた。「こっちの頭だよ」

アマリアは笑いながらいぶかしげな目を夫に向けた。すると大将はこぶしでテーブルを強く叩き、食器が音を立てた。

「そんな突拍子もないことを……」

「信じられないっていうのか？　ばかげた話か？」大将はナプキンで口を拭《ぬぐ》うと、それを乱暴にテーブルの上に放《ほう》った。

「信じられないわね。だけど信じられない話だってことは、あなたもわかってくださらないと」

大将は必死に怒りをおさえた。

「まあ、そうだ」といった。「たしかに信じがたい話だ。わるかったよ。連中はわたしの頭をおかしくしようとしてるんだ。もうだいぶ連中の思うとおりになってしまった」

アマリアは腕をのばして、夫の手首に触れた。

「それでどうするつもりなの?」

「考えなくちゃいけない。考えるよ」

アマリアは夫の手首をぎゅっと押さえた。そして食事をつづけた。

「あいつらを粉砕してやる」と大将はきっぱりといった。「見ていてくれ」

フローラがデザートを運んできた。だがふたりは、コーヒーを飲まずに、寝室のうす闇に向かった。大将はすぐに寝入った。だが一瞬目が覚めたとき、アマリアの起きあがる気配に気づいた。

「どこへ行くんだい?」と目を閉じたまま尋ねたが、返事がなかった。そしてそのままふたたび寝入ってしまった。

VIII

「主人に黙って来ましたわ」アマリアはフローレス・クラーラス通りの診療所に着くと、フェルナンデス博士にそういった。

「それはけっこうです」精神科医は吸いかけの煙草を三角形の灰皿の中でもみ消した。それから机の上にあった大将のカルテを手にとると、アマリアをこの二日間、その夫が座った肘掛け椅子に案内した。

「歩いてきたわ」とアマリアはいった。そして手短に運転手のレミヒオが無事に済んだことと、車を修理に出したことを話した。

精神科医はけっこうなことだと思った。そしてアマリアの向かいに座った。

「これを見てもらいたかったんだ」

回答用紙と正誤表を照らし合わせながら、大将の性格の好ましい側面を説明した。

「じゃ、問題がないのね?」

フェルナンデスは少しためらってからいった。

「いや、まったく問題がないってわけじゃないんだ」

黒い染みに出くわすたびに、大将が困難におちいったことをまず話した。それから図書館の閲覧室や路上を歩いているとき、あるいは自宅の寝室で、ポンセ博士によく似た謎の人物に会ったといっていることを告げた。アマリアは注意深く話を聞きながら、ときおり怪訝《けげん》そうな表情を浮かべたり、反論したい素振りを見せたりした。フローレス・クラーラス通りを行き交う車の騒音は、しだいに激しさを増した。だいぶ暑い一日だった。フェルナンデス博士はやがて話を締めくくった。

「あれはただの幻《まぼろし》に過ぎないと思うんだが、そんなものは、もうこれでおしまいかもしれない。疲労やストレスからくる一過性の問題だと考えられるからね。まあ、いわゆる発作《ブフエー》ってやつだ。治療するには二、三週間で十分だろうと……」

アマリアは相手の話をさえぎった。

「十分どころじゃないわ。海軍をすぐ首になってしまうわ」

大将はふいに目を開け、何か落ちつかぬものを感じながら、上体を起こした。ベッドから出ると、シャツと上着を着た。気がかりが何なのかわからないまま、廊下に出た。フローラはどこかの部屋で窓ガラスを拭いていた。ガラスをぎゅっぎゅっと擦《こす》るリズミカルな音が聞こえた。居間へ歩いていき、そのまま玄関ホールに出た。そして知らぬ間に、電話台のわきの椅子に腰を下ろしていた。テーブルの上には電話帳とメモ帳と古いボールペンがあった。大将はメモ帳を見ると、手をのばし、持ち上げた。そのとき道路に面した窓から射し込んだ光が、白い用紙を照らし、ボールペンに力を込めて書かれた無色の筆跡を浮かび上がらせた。アマリアの筆跡だとすぐにわかった。ふいに目が覚めた理由や、何を予感したのか、ようやくわかった。メモ用紙に書かれたものはどうにか判読できた。フローレス・クラーラス通りの診療所の番地だった。

どうしていいのかわからないまま、大将はしばらく腰掛け台にじっと座っていた。視線は床のタイルに向けたままだった。タイルには様式化された花や鳥の絵柄が際限なく反復されていたが、ふと子どもの頃の記憶がよみがえった。子ども時分にもそれに似た単調な絵柄の中に、世界地図を見つけたことがあった。部屋の片隅で黄金虫《こがね》が動いた。仰向けにひっくり返り、脚を虚《むな》しくばたつかせていた。

大将は立ち上がると、廊下に出て、中庭を横切り、寝室に引き返した。眠るつもりはなかったが、ベッドに寝そべった。そして明日は何が何でもサント・トマスに飛ぼうと思った。ふたたび仕事に没頭して、余計なことを考えずに、検査の結果を待ったほうがよかったのだ。もはやそれしかなかった。

とつぜんフェルナンデス博士は部屋の中にもうひとり人間がいる気配を感じた。ドアのほうを振り返ると、テオがいた。部屋に入ってきたばかりのようだった。

「どうやって入ったんだ」と博士は立ち上がりながら聞いた。「どこから入ったんだ?」

テオは笑みを浮かべながら、いぶかしげな目でアマリアを見た。

「鍵を持ってるんだもの」アマリアから目をはなさずに、そう答えた。

「申し訳ない」と精神科医はアマリアにいった。「患者なんだ」

「うそだわ!」とテオは、反発して叫んだ。「どうしてうそをつくの?」

博士は顔を赤らめた。

「たのむから、帰ってくれないか」といった。

テオは部屋の中を歩きだした。

「いやよ」アマリアの前に挑むように立ちはだかったが、アマリアは威厳を保ったまま、視線を合わさなかった。

「出ていかないのなら」と精神科医は威嚇した。「病院に電話するぞ」

テオはフェルナンデスに顔を向けると、うなだれた。体が小刻みにふるえ、いまにも泣きだしそうだった。

「約束してくれたことはどうなるの？」と途切れ途切れの声で聞いた。そして顔をあげると、アマリアを見据えた。「あなたがいなかったら、この人もわたしにこんなに冷たくしないわ。帰ってちょうだい。お願い」

「何をいうんだ！」と精神科医は激昂《げっこう》した。

つかつかと机に歩み寄ると、受話器をとった。病院の回線はふさがっていた。もう一度ダイヤルした。アマリアは肘掛け椅子から立ち上がると、テオのほうに近づいた。それを見てフェルナンデスは呆気《あっけ》にとられた。テオはがっくり肩を落として、部屋の反対側にあった長椅子に腰を下ろしていた。ふたりの女性は二言三言ことばを交わすと、納得したようにうなずき合った。すると精神科医は気が気でない様子で、受話器を置き、長椅子のほうに急いだ。

アマリアは振り返った。

「では私はこれで」微笑《ほほえ》むと、戸口に向かった。

精神科医は追いすがるように前に進み出た。

「失礼したわ」ドアノブに手を掛けたアマリアはそういった。そして皮肉を込めて「楽しく過ごしてね」とつけ加えた。

「待ってくれよ」とフェルナンデスはいったが、アマリアはすでにドアのむこうにいた。

「わたしも帰るわ」長椅子から立ち上がったテオはいった。

フェルナンデスはテオの動きを呆然と見ていたが、やがて手をのばしてその腕をつかんだ。

「もう少しここにいなさい」といった。「話がある」

テオは力まかせに腕をふりほどいた。

「話すことなんかないわ！」と叫んだ。

精神科医はテオとドアのあいだに立ちはだかった。胸は激しく鼓動を打ったが、穏やかな声でいった。

「落ちついて話そう」

テオは腕を組んで、頭を左に傾けると、相手を侮蔑《ぶべつ》するように口をゆがめた。

「あの女は君になんていったんだ?」とフェルナンデスは尋ねた。

テオは目を閉じ、首を横に振った。組んだ腕をほどくと、ドアのほうにすり抜けようとしたが、彼はその動きをさえぎった。

「なんていったのかだけ教えてくれないか?」

「通してよ!」と女の子は訴えた。

精神科医は彼女の両肩をつかむと、力を込めて揺さぶった。だがすぐに後悔した。

「はなしてよ! やめて! いやよ!」テオは苦痛に顔をゆがめ、頭を両手で抱え込んだ。

呼吸が荒く、足がよろけた。「気絶してしまう……」

フェルナンデスは彼女を抱きかかえるようにして長椅子に運んだ。

IX

ポンセ博士は約束の時間よりもいくらか早く到着した。ぐったりして神妙になったテオを乗せた救急車が、フローレス・クラーラス通りの診療所を出るところだった。ポンセ博士はそう長くいられないといった。その朝首都に着いた精神医学委員会代表団の歓迎レセプションが控えていたのだ。

「それで海軍大将に対する君の判定は?」

フェルナンデスはいまは答えたくないといった。そして逆にポンセ博士に聞いた。

「やはりサント・トマスに釣りに行きますか?」

相手はうなずいた。

「夜飛ぶことにするよ」

ふたりは表に出た。通りではそれぞれの運転手が待っていた。ふたりはそこで別れた。

スペイン病院は、まちを分断する谷のほとりの小さな森の中にあった。フェルナンデス博士が病院に着いたとき、外はまだ明るかったが、庭の明かりはともりはじめていた。受付で看護人から、テオが救急車の中で鎮静剤を飲み、いまは入院病棟の個室にいることを告げられた。青白い顔をしたテオが白いベッドに横たわっているのを見たとき、フェルナンデスは深い哀しみにとらわれた。友人としても主治医としても、彼女と決別しなければならないと悟《さと》った。病室を出ると、看護婦を呼んで、注射を打つように命じた。

しばらくすると、テオは目を開け、まわりを見まわし、まばたきをした。

「具合はどうかね?」とフェルナンデスは聞いた。

「だいじょうぶ」とテオは答え、口元をほころばせたが、顔は仮面のように無表情だった。

「ここはどこなの?」

精神科医はそれを教えると、彼女に自分の診療所でアマリアと会ったいきさつを思いださせた。

「それで教えてもらいたいんだが」と切り出した。「あのとき何を話したんだい?」

テオは顔をしかめ、窓の外を見た。カーテンは開いたままだったので、庭の白い小道を照らす明かりが見えた。

「会う約束をしたの」とようやくいった。

場所と時間をあっさり話した。

精神科医が帰ろうとすると、テオは病院から出してくれるように懇願した。フェルナンデスはそれはむりだといったが、テオは聞き入れなかった。しまいにはもう一度鎮静剤を飲ませるように命じるほかなかった。

車に乗って家に向かった。家では簡単な夕食をつくった。食事が終わると、居間の長椅子に寝そべって、一日の疲れを癒《いや》そうと旅の本を読みはじめた。

X

朝早く起床した大将は、サント・トマス港の桟橋のひとつを歩いていた。飛行場からまっすぐそこへ運ばれたのだった。靄《もや》のかかった静かな海が広がっていた。大将は潮の香りを胸いっぱい吸い込みながら、手帳に記した五番目の船がゆっくりと浮上するのを、満足げに眺めた。船はほとんど真っ二つに折れ、デッキや中甲板に大きな裂け目が走り、それが船底まで達していた。浮上するうちに船は大きく変形して、ボール紙でつくった船のようだった。海水があちこちからおびただしくしたたり、渦を巻いた。左舷から右舷へと大きく揺れながら船は浮上し、ついに船首全体が海面に姿をあらわした。

「船倉に圧縮空気を注入する予定です。まあ、二時間もあればちゃんと自力で浮いてくれるでしょう」と責任者の技師は、口に煙草をくわえたまままいった。そして大将のかたわらを桟橋から陸地のほうへ歩きながら、排水ポンプのホースが六十メートル以上も必要だったとつけ加えた。

大将は彼の労をねぎらったあと、中将はどこにいるのかと尋ねた。責任者は苦笑してみせた。

「この時間だと、いつものところでしょうね」といった。「沖に出て、釣りを楽しんでますよ」

正午までにはまだ間があったが、太陽はすでに靄《もや》のむこうから邪悪な光線を放っていた。大将は帽子を取ると、額の汗を拭《ぬぐ》った。ふたりはそこで別れた。技師は桟橋に引き返し、引き上げられた船のほうに向かった。いっぽう大将は、港の反対側にある将校専用住宅をめざした。大将のバンガローはそこにあった。首都で過ごした日々はしだいに夢の中のできごとのように思えてきた。夢とはいってもそれは悪夢で、その強烈な印象はいまも尾を引いているのだった。海の近くにいることが彼の気持ちをホッとさせた。それに仕事が順調に進展しているという満足感で、彼はほぼ幸福であった。


アマリアは約束の場所に来ていた。そこはサーモンピンクの壁とパステルカラーの床タイルが映えるモダンな喫茶店だった。制服を着た太ったウエイトレスがやってくると、アマリアはコーヒーを注文し、もうひとりはあとから来るといった。

ふたりのすらりとした女学生が店に入ってきて、奥のテーブルに座った。あの子たちが好みそうな店だわ、とアマリアは思った。背の高い娘の横顔が正面に見えた。彼女は身振りをまじえながら元気よく話していた。アマリアの耳にも声が届いた。

「男どもをつけあがらせちゃだめよ。どういう人間かはっきりいってやるのよ」

あまりにも鮮明に聞こえたので、アマリアは思わず白い丸天井をふり仰いだ。

フェルナンデス博士の体は、入り口から入ってくる光をさえぎった。しばらくためらったあと——こういうタイプの店に不慣れな様子は明らかだった——、おぼつかない足取りでアマリアのテーブルに近づいた。彼女はにこりともしないで彼を見つめていた。

「人を待ってるのよ」と精神科医にいった。

フェルナンデスは座っていいかと尋ねたが、アマリアはうなずかなかった。

「テオと話してね」と小さな声でささやいた。「来られないんだ」

「あら、どうして?」とアマリアが聞くと、フェルナンデスは腰を下ろした。

「テオはクスリをやってるんだ」といった。「だいぶひどい。彼女に会ってどうするつもりだい?」

アマリアはそれに答えずに、憤慨した様子で視線をそらした。

「どういうことか見当もつかないよ」

「あなたのガールフレンドがいってるようにあなたは恥知らずな男なのよ」

「なんだって？　何のことだ！」と精神科医は叫んだ。「君も頭がおかしくなってしまったのか？」

アマリアはフェルナンデスの肩越しに女学生たちを見てから、声を張り上げてヒステリックに叫んだ。

「お願いだから、ほっといて！」

女の子たちが振り返ると、アマリアは満足そうに話をつづけた。

「わたしを施設に入れようったって無理よ。あの子も入れる魂胆だろうけれど、そうはさせないわ」

女学生たちはひそひそ話をはじめた。精神科医は驚いてふり向いた。やがてアマリアにいった。

「よそで話さないか？」

長い沈黙のあと、じゃ家で話しましょう、とアマリアはいった。

「で、ご主人は？」

夫はサント・トマスに出かけたとアマリアは答えた。

XI

コンクリートの支柱に乗った白い建物が一列並んでいたが、いちばん手前が大将のバンガローだった。青い芝生が一面に広がり、丈の低いココヤシや熱帯のアーモンドの木が植わっていた。小さな応接間と猫の額ほどの台所、寝室、それにバスルームだけの簡素な住宅だったが、大将にとってわが家よりも落ちつける場所だった。ときおりその感慨に耽《ふけ》ることがあったが、今回もそう思いながら、ふと妻のことを思い出して、苦々しい思いにかられた。制服を脱いで、シャツだけになると、電話と無線機を置いて書斎代わりに使っている居間に入った。机に座って留守中におこなわれた作業の概略を書きとめていると、無線機が明滅した。万年筆をノートの上に置くと、受信のスイッチを入れた。

中将だった。まず自分のいる船の位置、経度と緯度を知らせてきた。

「釣りはどうだい?」大将はとがめるような口調で聞いた。

釣りをしているわけではなく、ハイチから来た船に乗り込んでいるのだと中将は告げた。一時間ほど前に、領海内を白い旗を掲げて航海している三隻の船を発見していた。たまたまいっしょだった医師に乗組員や乗客を診てもらったが、現在のところ、病人はいないようだ。船長は、水や食料を補給するために海岸線に近づきたいといっているが、どうしたものか。あとで一時的な保護を求めてくるのではないかと懸念されると中将は伝えた。指示を仰ぎたいといった。

大将はしばらく考え込んでから、口を開いた。

「幽霊船ということじゃないか？　ああいう船に関わったのはまずかったな」

中将は霧や視界の悪さをあれこれ述べたあと、船はいずれも法的には問題なさそうだとくり返した。

「いっしょにいる医者というのは？」と大将は尋ねた。

ポンセ博士の名を耳にしたとき、大将はふっと気を失いかけた。あの抽象世界の情報員《エージェント》にまた会うことになるのか？　言いしれぬ恐怖と怒り、驚愕が彼をとらえた。だがしまいには、不思議な喜びにとりつかれた。大将はわれに返り、マイクに語りかけた。

「いまの位置に待機せよ。こちらの指示を待つんだ。オーバー・アンド・アウト（交信終わり）」

《あの男にまた来られてたまるか》と意を決したように胸の中でつぶやいた。《あの情報員《エージェント》と医者には沈んでもらうぞ》。こぶしを握りしめた。気が触れてしまったとは、思いたくもなかったのだ。

沖合では白い旗を掲げた三隻の幽霊船が、霧に包まれた無風の海上で揺れていた。沿岸警備艇は先導役の船に横付けされていた。船の中では、ポンセ博士が最後の診察を終えるところだった。緑色の目をした黒人の男の子だった。肌からはシロップのにおいがしていた。子どもの頭を撫《な》でてから、その体をくるっと回して、顔を母親に向けさせた。母親は近くに立ちつくして、不安顔でこちらを見つめていた。足元には檻《おり》やかごが積まれていた（鶏《にわとり》や七面鳥、二匹の豚に一匹の犬が入っていた）。ポンセ博士が幼い子どもの尻を手の平で二回ほど叩いてやると、子どもは母親の腕をめがけて駆けていった。

コルドン中将が沿岸警備艇から梯子《はしご》を伝って船尾にあがってきた。白いチョッキは汗で濡れていた。ポンセ博士のそばに歩み寄った。

「オルドーニェス大将はときおりおかしなことをいいだすんで、真意をはかりかねますね。まさか検疫で足止めってことにならないでしょうね。まあ大将だったらやりかねませんけどね」

ポンセ博士は笑った。

「ほら、いったろう?」博士は肩をすくめた。

ふたりはブリッジの反対側に向かって歩きだした。檻や鳥かごのむこうで、女たちがひとかたまりになって、大袋や段ボールに腰を下ろしていた。色とりどりのリボンをつけた大きな麦藁帽を被っており、靄《もや》を貫きはじめた陽光を避けることができた。

中甲板を占領した小さな女の子たちは、ぐるぐる回ってスカートの裾《すそ》をひるがえす遊びに興じていた。船尾の近くで上半身裸の若い黒人女が、洗濯をしていた。中将は立ち止まり、ポンセ博士はきびすを返して、さらに歩きつづけた。そこへ背の高い痩せぎすの黒人船長が、ラム酒の酒瓶を掲げながらやってきた。

中将は時計を見ようと腕をあげたが、ふとある思いが脳裏をよぎった《時間はもはやなんの意味もなさないことを知っているかのようだった》。けっきょく時計を見ずに、腕を下ろした。若い女が洗濯の手を休めて、空を見上げているのに気づくと、彼もまた視線を空に向けた。靄は魔法にかかったようにすっかり消えていた。頭上には広大な青い空が広がっているばかりだった。

遠くでエンジンの音が聞こえた。やがて黒い十字が四つ、目に映った。空軍機の小さな編隊だった。《偵察飛行だな》と中将は思った。ポンセ博士の目をさがした。鳥かごの中で鶏が羽をばたつかせ、豚は悲鳴をあげた。犬も吠えだした。

飛行機が一機、急降下してくると、中将は右手に控える二号船を見やった。甲板にいる男たちは空を指さしながら、何やらわめいていた。爆弾は近くの海に落ち、船は大きく揺さぶられた。人びとの悲鳴があがった。もう一機が今度は、こちらに向かって飛んできた。船長は酒瓶に栓をして、空を仰いだ。白い歯が見えた。瞬《まばた》きひとつしなかった。海に飛び込む者たちがおり、彼らは懸命に泳いで、船から遠ざかろうとしていた。爆弾は中甲板の近くのデッキに落下した。

少女たちがもうそこにはいないことがわかって、中将はホッとした。そして冷静な目で、小さな爆弾が破裂せずに鉄板を貫通し、機関室のほうへ落ちていくのを見届けた。

にぶい爆発音がして、船体が激しく揺らいだ。沿岸警備艇に下りて、舫《もや》い綱を解いたポンセ博士は、しきりに中将に海へ飛び下りるように叫んでいたが、つぎの爆弾で吹っ飛んだ。船はみるみるうちに沈んでいった。数秒もしないうちに、海面はハッチすれすれに迫り、つぎの瞬間、海水がどっと流れ込んできて、家畜やら人間やらさまざまな積み荷を押し流した。二号船の姿はすでにどこにもなかった。十五分後には三号船も転覆して、そのまま沈没した。何人かの黒い頭だけが波間に浮かんだ。広大な池に遊ぶカモの一家のように、ひとかたまりになって、小さな円を描きながらたゆたっていた。だがそれらの頭もやがてひとつ残らず海中に没した。灼熱の太陽がふりそそぐ穏やかな海には、段ボール箱や綱の切れ端、何本かのボトル、干し草の屑、それに沈黙だけが漂っていた。

XII

表で一台のタクシーがフェルナンデス博士を待っていた。

車中でアマリアはマダム然として、気安く話に応じる気配はなかった。自宅に着くと、精神科医を応接間に案内し、それから台所へ行って（その間に精神科医は煙草をくゆらせた）、フローラにマーケットへ買い物に行くように命じた。そして荷物を運ぶためにラーサロを連れていくように言い添えた。レミヒオは修理工場へ車を取りに出かけていた。応接間に戻ってきたアマリアは上機嫌に見えた。後先のことを考えずに、好き勝手にふるまうわがままな女の子のようだ、とフェルナンデスは内心思った。だがアマリアは険しい表情を浮かべて、近寄ってきた。

「あなたにとってさぞ困ったことになるんでしょうね……」と彼女が切り出すと、精神科医は息をのんで警戒した。「ガールフレンドのお父様が、ふたりのことを知ったら……」

フェルナンデスは荒々しく背もたれに上体を倒した。

「そんな目で見ないで」アマリアはあどけない声でいった。そしてさも腹を立てているように、「まるで化け物でも見てるみたいな目つきじゃないの」

「音楽がいるわね」両手を合わせて叫ぶと、部屋の片隅へ行って、レコードを掛けた。音楽が鳴りだすと、精神科医のとなりに腰を下ろした。そして見えない手に押されているかのように、少しずつフェルナンデスに近づいた。

フェルナンデスは彼女の香水に吸い寄せられるようだった。煙草の火を消すと、ゆっくりとアマリアのほうにのりだして、手を握った。アマリアは拒まなかった。フェルナンデスはアマリアの頬にキスした。笑い声が起こった。

「ぼくを脅迫するのかね?」と精神科医は聞いた。

アマリアはさっと立ち上がると、スカートのしわをのばし、髪を整えた。

「ええ、そうよ」というと、真顔になって、目をつむった。「主人はちゃんとした人よ。もちろん頭も正常だわ。私の立場になって考えてみてちょうだい。私はやるわよ。私の義務だとさえいえるわ。主人を愛しているし、信じているの」

フェルナンデスは目をまるくしたまま、黙っていた。

「よいことのために、悪《あ》しきことをすべきじゃないな」ようやくそういってみたものの、確信のある口調ではなかった。

眉にしわを寄せたアマリアは、首を左に傾けて考え込んでいた。やがて両手を腰に当て、体を左右に揺らした。

「この場合の悪いことって、あなたが患者を食い物にするのを邪魔することなのね」アマリアの動きが止まった。「そしてよきことというのは、あなたが主人の経歴を台無しにするのを見過ごすことなのかしら？」

「まったく、何を言い出すんだ。ものごとを混同してるよ」

「混同してるのは、あなたのほうよ」とアマリアはヒステリックな声をあげた（精神科医は、いまのは芝居じゃないな、と心の中で思った）。「あのときはただの食あたりだったのよ」

「まあ、とにかく座ってくれ。落ちついて話そう」


アマリアはフェルナンデスの目をのぞき込んだ。

「ひとつお願いがあるの。それで安心するわ」

「どうすればいい？」と精神科医は鷹揚《おうよう》に聞き返した。

アマリアは勝ち誇ったように叫んだ。

「念書を書いてちょうだい！」

「念書？」

アマリアは黙って部屋を出ていき、じきに万年筆と用紙を手に戻ってきた。精神科医のかたわらに座ると、万年筆を渡し、紙をテーブルの上に置いた。

「じゃ書いてちょうだい」

「何のために書くんだ？」

「書いてくださったら、私も安心するし、あなたも安心するはずよ。そうじゃなくって？」

「テオのことで？」

アマリアはあいまいに返事した。

「ええ、テオのことで」

精神科医は念書を書いた。アマリアの注文にしたがって、日付を書き入れ、署名もした。

「これはね」といいながら、万年筆のキャップを閉めた。「大した意味がないんだよ」

アマリアは用紙を手にとり、ふたつに折った。精神科医に礼を述べると、立ち上がって廊下に通じる戸口に向かった。フェルナンデスは二本目の煙草に火をつけた。

《これで借りを返した》と心の中でつぶやいた。


飛行場の管制塔にいた大将は、パイロットから爆撃の報告を聞き終えると、何かの魔法がふっと消えたように感じた。管制塔の上から、格納庫の前のアスファルト道に停まった飛行機の列を眺めた。自分はおびただしい汗をかいている二本脚の獣《けだもの》に過ぎなかった。そいつが金色の袖章《そでしょう》や肩章のついたネイビーブルーの軍服をまとい、帽子を被り、黒い靴下と靴をはいていたのだ。救助活動の開始を命じ、国防省と連絡をとった。

「徹底した調査をおこなってもらいたいものだ」と副大臣はいった。

「もちろん徹底的にやりますよ。沈没したあたりの海は深くないので、それらの船は助けるつもりです。汚染や感染の危険性もあるので、用心のためにしばらくはそのままにしておきますが」

「大したもんだ」と副大臣はいくらかの皮肉を込めていった。「保健衛生省も君に任せたいくらいだ」

大将は何もいわなかった。

お気に入りのパイロット、スアレス中尉も管制塔にいたので、大将は将校専用食堂に向かわずに、そのまま真っ直ぐ首都に飛んで、妻と昼食をとることにした。小型機は山岳部をなめらかに飛行し、大将はしばしまどろんだ。

スアレス中尉の運転する車は大将の邸宅の前に停まった。ラーサロは目をまるくして腰掛け台から飛び上がった。大将は車のドアを開けて、帽子を被った。

「君の運転の腕前はみごとだ。パイロットだけのことはあるな」と中尉にいってから、車を下りた。

ラーサロは敬礼した。

「異常ありません」といって、門を開けた。

大将は玄関の通路を渡って中庭に入ると、帰っていくフェルナンデス博士に出くわした。

「おや」と精神科医は驚いて声をあげた。「君じゃないか」

「ああ」と大将は答えた。「わたしだよ」

アマリアが中庭に出てきた。黄色い服を着て、髪はほどいていた。

「じゃ失礼するよ」とフェルナンデスは時計をのぞき込みながらいった。「遅くなってしまった」

わきをすり抜けたが、大将は引き止めなかった。その姿はまたたく間に玄関のほうへ消えていった。

「あら、お早いのね」アマリアは庭の奥からそう叫ぶと、台所に引き返して、フローラにふたり分の食卓の用意するようにいった。大将は中庭を横切って寝室に向かった。じきにアマリアがやってきて、着替えを手伝った。上着をハンガーに掛け、ズボンを折り畳んだ。

食卓につくと、大将は精神科医の来訪の目的を尋ねた。あなたに聞きたいことがあったみたいよ、とアマリアは答えた。留守だとわかると、失礼かもしれないけれど、二、三質問していいですかといわれたの。大将は質問の内容を知りたがった。アマリアは、けっきょくいろいろ聞かれたので、もうほとんど忘れてしまったわ、と答えた。大将の胸は猜疑《さいぎ》心でいっぱいになった。アマリアがこれという問題がなくてホッとしたわ、というと、大将は、自分は全然そうは思わないと答えた。アマリアは黙ったまま席を立つと、食堂を出ていった。大将も立ち上がって、ドア口まで行ったが、そこで立ち止まった。ふたたびテーブルに戻って腰を下ろした。自分に対する共謀に、もしかしたら妻も一枚噛《か》んでいるのではないかという疑いが頭をもたげた。だがすぐにアマリアは戻ってきた。ふたつに折り畳んだ紙を手にしていた。それをテーブルの上に置くと、大将は手にとって、開けてみた。

フェルナンデス博士の筆跡で、大将の精神が正常であることを証明していた。

《信じられん》と思った。

XIII

まだ呆気《あっけ》にとられているときに、フローラが食堂に入ってきて、海軍大臣からお電話です、と告げた。大将はふたたび不安のただ中に沈んでいくようだった。だが彼を見ていたアマリアの声にハッとした。

「大臣に食事の時間のお電話はお行儀がわるい、とわたしがいってるって伝えてちょうだい」

大将は威厳を取り戻して立ち上がり、電話口に向かった。

大臣は彼の行動に対して批判めいたことは何ひとついわなかった。いまは非常時であり、ドラスティックな手段をとることもやむを得なかったことは十分理解しているといった。むろん何の罪もない人びとが犠牲になったことは悲しむべきことだが――。

「不運が重なって、痛ましい事態になったのは返す返すも残念です」と大将がいったのは、爆撃地点に中将とポンセ博士が居合わせたことに触れたときだった。ときには避けがたいことがどうしても起きるものなのだ。世論の反応は、さほど気にすべきものではなさそうだ。地元のラジオ局はニュースを流したが、政府に対する非難はなく、問題を大きくしようという意図も見られない。それどころか新ラジオ・ハバナにいたっては——これはじつに画期的なことだが——わが軍のとった行動を称賛した。

「画期的なこととといえば、」と大臣はさらにつづけた。「フェルナンデス博士から検査結果の報告があったよ」

電話台のそばに立ったままだった大将は、椅子に腰を下ろして、最悪の事態にそなえた。

「君の適性は抜群だというじゃないか」

大臣が自分をからかっているのではないかと疑った。だが大臣は、彼の軍での経歴をさらに誉め称えた。そしてきょうの午後、精神医学委員会のメンバーが省の自分のオフィスに集まるので、その折りに君をみんなに紹介したいともいった。大臣は、大将夫人にくれぐれもよろしくと言い添えて受話器を置いた。

さまざまな兆候から判断するかぎり、彼の理性をかき乱そうと企《たくら》んだ連中の陰謀を粉砕したことは明らかだった。だが耳の奥では、戦いはまだこれからだ、油断するな、不意打ちをくらうんじゃないぞ、という声がしきりに響くのだった。

昼食が終わると、アマリアは夫の入浴の準備にかかった。その間、大将はクローゼットから着替えをひとつひとつ取り出していった。胸飾りの付いた真新しいシャツ、白いリンネルのチョッキ、金モールの記章が映える盛装の上着、紺のズボン、薄茶の手袋、そしてエナメルの靴——。

●訳者あとがき

スペイン語圏の新聞のページを繰ると、ときおりロドリゴ・レイローサに関する記事に出くわす。フランスで受けたインタビュー記事も、二、三手もとにある。〈おいたち〉について、何か語られていないかと思いながら、それらの記事を注意深く読んでみるのだが、やはりそれほど目新しいことが書かれているわけではない。

レイローサは一九五八年にグアテマラに生まれた。「父親はイタリア系なんだ」という。その父親は手広く商売をし、一家は裕福だったようだ。だが、長引く内戦で暴力がまん延化し、グアテマラは住みづらい国になってしまった。「それに、世界を知りたかったんだ」とレイローサは語る。一八歳のとき、グアテマラを後にし、ニューヨークに向かった。

ニューヨークでは映画の勉強に取り組んだ。しかし「理論だけに終わった」とふりかえる。四年間、ニューヨークに滞在したが、映画はものにならなかった。関心は小説に移りはじめていた。ポール・ボウルズが、夏のあいだだけ、創作法を教えるのを聞きつけ、若者はモロッコのタンジールをめざした。

七〇歳のポール・ボウルズは、すぐにレイローサの才能に気づいたようだ。繊細な言葉で紡《つむ》ぎだされる、夢か神話の切れ端のような物語が、老作家の心をとらえた。翻訳を自ら買って出た。『乞食《こじき》のナイフ』の英訳が刊行されたのは一九八五年。《土着的な題材を夢幻の領域に取り込んだこれらの掌編は驚異的なまでにみごとだ》とタイムズ紙文芸付録で激賞された。

レイローサもボウルズの小説をいくつかスペイン語に翻訳した。ふたりの交流は二〇年近くつづいた。「小説を書くときのアドバイスはとくになかったんだ」とレイローサはいう。だが『その時は殺され……』を読んでも、最新作の『アフリカの海岸』をひもといても、ボウルズから多くのものを学んでいることがわかる。《神秘と謎に包まれたアメリカ文学最後の巨匠》は昨年（一九九九）の暮れに亡くなった。その死の床のかたわらにレイローサの姿もあった。

*

『その時は殺され……』を今年（二〇〇〇年）のはじめに訳した（現代企画室刊）。ストーリーが起伏に富み、構成がしゃれているのが気に入った。また、文章に透明感があり、サスペンス仕立てなのもよかった。初めて邦訳されるレイローサの小説として、受け入れられやすいように思えた。それに、これまでのラテンアメリカ小説と、趣《おもむき》を異にしていることがすぐにわかる作品だった。ラテンアメリカ文学にも新しい風が吹きつつあることを、紹介したかったのだ。

『その時は殺され……』の冒頭に、イギリスの老作家が登場する。われわれは、この老作家に導かれるようにしてグアテマラに足を踏み入れる。老作家は、耳が遠く、補聴器をつけている。しかし、それはただの補聴器ではない。盗聴器でもあるのだ。老作家はグアテマラに乗り込んで、軍のトラックなどに盗聴器をしかける。やがて手元の受信機に、さまざまな物音が聞こえてくる。得体の知れない無気味な音だ。……暴力や不正、殺人を予感させる。しかし、確証はない。あるのは、気配だけだ。

そうした恐怖は、四輪駆動に乗ってハイウエイを疾走する若者も味わうことになる。彼の平穏で都会的な日常が少しずつ変容していく。確かに、内戦は終わった。しかし、何かおぞましいものがくすぶりつづけていることに、彼は気づくのだ。そのアパートの窓から見える火山の風景は、暗示的だ――「居間の大きな窓から、闇のむこうにふたつの火山の赤い火が見えた。（……）まわりの低い山並みや、街の上空全体は、ごく微細な灰の粒子に覆われているような感じがした」。

レイローサは、耳を澄まし、目を凝らして、グアテマラの闇を探ろうとする。その闇は、われわれの周辺にもつながっていそうだ。そして、盗聴器から漏れてくる物音がふと途絶えて、沈黙が流れるように、レイローサの文章も、ときおり息をひそめる。その寡黙な語り口は、テンションの高い余白に満ちている。底深い恐怖が、その余白から伝わってくるのだ。

*

今回訳出した『船の救世主』は、『その時は殺され……』よりも前に書かれた作品だ。セイクス・バラル社版の刊行年を見ると、一九九二年となっている。『その時は殺され……』の恐怖に対して、『船の救世主』は、狂気を描きだしている。

冒頭の一節を読むと、われわれはすぐに、いささか異常な世界に足を踏み入れたことに気づく。海軍大将は、「救出作戦」と称して、沖合に沈んだ船を引き上げにかかっている

――「潮がしだいに退《ひ》いていくと、沈んだ船の巨大な横っ腹が、波立つ海面に姿を現わしはじめた」。沈没船を引き上げるのが、海軍大将や海軍の最大の役目らしい。大将のまわりに、潜水夫やエンジニア、電気技師や大工たちが待機している。ふと誰かがいう――「新品同様になりますよ」。

くだんの海軍大将は、模範的な軍人である。規律を重んじ、禁欲的で、完璧主義者だ。しかし、ある日、ふとしたことから、彼の頭の中の歯車が狂いはじめる。その異常性は、しだいに拡大され、強調されていく。そしてついには、凶行におよぶ。『船の救世主』は、ファナティックな人物や組織の陥りやすい狂気をかいま見せてくれる。

レイローサはこの作品でも、余白の多い文章を巧みに使っている。それはあたかも、一部だけ克明に描いたペン画のようで、まわりにはたっぷりと余白が広がる。絵は、ときには、未完成だったり、戯画ふうだったりする。そして、まわりの白さが、そのためにいっそうまぶしく見える。そう、白日夢のように。

＊

先に述べたように、レイローサの小説は、以前に『その時は殺され……』を訳したので、この『船の救世主』で二冊目ということになる。レイローサの小説で、好きなのがあと何冊かあるので、それらの作品をひとつひとつ訳していきたいと考えている。最新作の『アフリカの海岸』は、モロッコが舞台で、フクロウと少年とコロンビア人の話だ。パスポートを盗まれて帰国できなくなったコロンビア人が、羽をいためたフクロウとタンジールの街をさまよう。これも詩のような、夢のような、悪夢のような物語だ。乞うご期待。

今回も家人に何度か原稿を読んでもらい、大いに助けられた。

現代企画室の太田昌国氏、唐澤秀子さんともまた仕事をすることができた。ほんとうにうれしい。心より感謝するほかない。

August 10. 2000　　杉山　晃

【訳者について】

杉山　晃（すぎやま　あきら）

1950年ペルー、リマ市に生まれる。

現在、清泉女子大学教授。ラテンアメリカ文学専政。

［著書］『南のざわめき』（現代企画室）、『ラテンアメリカ文学バザール』（同上）

［訳書］バルガス＝リョサ『都会と犬ども』（新潮社）、アレナス『めくるめく世界』（共訳　国書刊行会）、ルルフォ『燃える平原』（水声社）、同『ペドロ・パラモ』（共訳　岩波書店）、アルモドバル『パティ・ディプーサ』（水声社）、同『オール・アバウト・マイ・マザー』（現代企画室）、アルゲダス『深い川』（同上）、同『ヤワル・フィエスタ（血の祭り）』（同上）セプルベダ『センチメンタルな殺し屋』（同上）レイローサ『その時は殺され……』（同上）

船の救世主

発行　二〇〇〇年一〇月一〇日　初版第一刷二〇〇〇部
定価　一六〇〇円＋税
著者　ロドリゴ・レイローサ
訳者　杉山　晃
発行者　北川フラム
発行所　現代企画室
住所　101-0064東京都千代田区猿楽町二-二-五興新ビル302
電話03-3293-9539　FAX03-3293-2735
E-mail　gendai@jca.apc.org
URL　http://www.shohyo.co.jp/gendai/index.html
振替　〇〇一二〇-一-一一六〇一七
印刷・製本　中央精版印刷株式会社
ISBN4-7738-0011-9 C0097　Y1600E

現代企画室《世界の女たちが語る》

私にも話させて
アンデスの鉱山に生きる人々の物語
ドミティーラ＝著
唐澤秀子＝訳
A5判/360 P/1984・10刊

ボリビアの鉱山に生きる一女性が語るアンデスの民の生とたたかい。人々の共通の記憶とされるべき、この稀有な民衆的表現は、木曽弁に翻訳され、静かなるロングセラーとして全国各地で読みつがれている。インディアス群書①　2600円

ティナ・モドッティ
そのあえかなる生涯
コンスタンチン＝著
ＬＡＦ＝訳
A5判/264 P/1985・2刊

イタリアに生まれ、カリフォルニア移住後、ジャズ・エイジのアメリカ、革命のメキシコ、粛清下のソ連、内戦のスペインと、激動の現代史を駆けぬけ、思い出の地メキシコに客死した一女性写真家の生と死。写真多数。インディアス群書③　2800円

人生よありがとう
十行詩による自伝
ビオレッタ・パラ＝著
水野るり子＝訳
A5判/384 P/1987・11刊

チリに生まれ、世界じゅうの人々の心にしみいる歌声を歌詞を残した南米フォルクローレの第一人者が、十行詩に託した愛と孤独の人生。著者の手になる刺繍をカラー図版で５枚収録。５曲の楽譜・詳細ビオレッタ年譜付。インディアス群書⑩。　3000円

女が集まる
南アフリカに生きる
ベッシー・ヘッドほか＝著
楠瀬佳子/山田裕康＝訳
46判/232 P/1990・5刊

「女を強調することが、男にとって耐えがたいほど脅威になる」――南アフリカを揺るがす女たちの自己表現を、詩・小説・版画・聞き書きなど多様な形によって指し示し、何重もの抑圧とたたかうその姿を多面的に紹介する。　2200円

この胸の嵐
英国ブラック女性アーティストは語る
萩原弘子＝著
46判/224 P/1990・10刊

出身地を異にしつつも、「ブラック」の自己意識に拠って表現活動を繰り広げるイギリス在住の女性アーティスト５人が、「抑圧の文化」の見えざる力を抗して「解放の文化」を提示する、魅力に満ちた聞書集。作品写真多数収録。　2400円

母系の女たちへ
ペッパーランド＝編
A5判/160 P/1992・12刊

母について書くことは、自分の隠された内面をも語ること。からだやこころを通して、もっとも人間的にかかわった同性の存在を描くことは、新しい、女たちの言葉を生み出すこと。17人の女性詩人の詩とエッセイが、さまざまな〈母〉のかたちを描く。　2000円